JN071555

小鳥たち マトゥーテ短篇選

アナ・マリア・マトゥーテ

訳＝宇野和美

はじめて出逢う
世界のおはなし

目次

装画　オオツカユキコ
装幀　塙 浩孝

幸福

La felicidad

路線バスで村に着いたとき、もう日は落ちていた。カーブのところの細い用水路が、星の粉をちりばめたかのようにきらきら光っていた。丸裸の黒い木立が、青みがかった灰色の透明な空に向かってのびている。

バスは、治安警察の詰所の前で止まった。窓も扉も閉まっている。外は冷えこんでいた。扉の上にある裸電球だけが、弱々しい光を放っている。数人の女と郵便配達夫と警官が、バスが運んでくる手紙を待っていた。降りたとき、靴底の下で霜がきしむのがわかった。刺すような冷気が顔にはりついた。

バスの屋根の上の荷台から鞄（かばん）をおろしていると、男が近づいてきてたずねた。

「ロレンソ先生ですね？　新しい医者の」

彼はうなずいた。

「役場のアティラノ・ルイゴメスです。どうぞよろしくお願いします」

男が彼の鞄を持ち、二人は人家（じんか）のあるほうに歩きだした。暮れたばかりの夜の青が、壁や石や寄り集まった庇を染めている。集落のむこうには、ゆるく波打つ平野が広がり、遠くに小さな明かりがぽつぽつと見えた。右手には、松林の暗い影。アティラノ・ルイゴメスは、隣を早足で歩いている。

「先生、一つ申し上げなければならないことがありまして」

「何でしょう」

「お泊まりいただく場所に苦心していることは、申し上げておりましたよね。なにぶん、この村には宿屋がないもので」

「だが、心配ないと聞きましたが……」

「それはそうなんですが、ただ……、医者だと言っても、泊めると名乗り出る家はなかなかなくてですね。何しろ不景気なもので、食事を出せるかわからないと……。家族が食べるぶんには、干し肉だろうがジャガイモだろうが、かまわんのですが、女も男と同様、働きに出ていて、冬場は時間がないのです。下宿人を置いて、食事やら何やら準備するひまがない。そんなわけで、申し訳ありません。みな厳しい状況でして」

「だが、どこかに泊めてもらわないことには……」

「もちろん野宿はさせません！　ただ、最初に約束していた者が、土壇場になって断ってきましてで、なんというか……」

ロレンソは戸惑い、足を止めた。アティラノ・ルイゴメスは振り返って医者を見た。なんと若いのだろうとアティラノは思った。石造りの集落を背に立つ医者のちぢれた髪、雀の目のように丸い目、くたびれた外套のポケットにつっこまれた手。

「まあおちついてください。路頭に迷わせはしません。ただ、さしあたって泊めると言った者が一人しかいなくて、あらかじめ申し上げておきますと、気がふれておるのです」

「気がふれている?」

「はい。でも、無害ですからご安心ください。ただ、申し上げておいたほうがよいかと。おかしなことを言い出しかねないので。清潔だし静かだし、あとは申し分ないのですが」

「でも、気がふれているとは、どういうことですか?」

「どうかお気になさらずに。ただ、頭に霞がかかっているというのか、でたらめなことを言いまして。それ以外は、さっきも申し上げたとおり何の問題もありません。それに二、三日のことですから。そのあいだに、別の家を手配します。とりあえず今晩はご勘弁を」

家は細い坂道をのぼりきったところにあった。太陽と雪でバルコニーがやけた、小さな家だった。一階には、からっぽの厩(うまや)があった。家の者が石油ランプを手におりてきて、ドアを開けた。四十代くらいの小柄な女性だった。穏やかな顔つきで、髪をうなじのところでおだんごにまとめている。

「ようこそいらっしゃいました」と言って、柔和な笑みを浮かべた。

女性はフィロメナという名だった。上の階の、薪をくべた暖炉のそばにテーブルが用意してあった。何もかも粗末だが、清潔で、手入れが行き届いていた。台所の壁は、きちんと石灰が塗られ、銅製の鍋と黄色い陶器類に、炎が赤く映えている。

「息子の部屋で休んでいただきますね。息子は町におりまして。ご案内します。とてもきれいな部屋ですの」どこか沈んだ声で、女性は説明した。

彼はにっこりした。ちょこまかと動く小さな女性に、かすかな同情と奇妙な憐れみが湧いてきた。

部屋は小さく、長い房飾りのついた赤いベッドカバーがかかった黒い鉄製のベッドが置いてあった。木の床は、きれいに水拭きし磨きあげられているのがわかった。漂白剤と石灰の匂いがする。整理ダンスの上には、角に造花のバラが三輪ついた鏡が置いてあった。

女性は重ねた手を胸に置いた。

「マノロの部屋です。いつも手入れしているのがおわかりになりまして?」

「息子さんはおいくつですか?」何か言わなければと思い、彼は外套を脱ぎながらたずねた。

「今度の八月で十三になります。賢い子で、すばらしい目をしているんです……!」

ロレンソが再びほほえんだ。女性は頬を赤らめた。

「ごめんなさい。わかっています。親ばかとお思いでしょう。でも、わたしにはマヌエルしかいないものですから。息子が生後二か月のとき、夫に先立たれて、それ以来、女手一つで……」

女性は肩をすくめて、ため息をついた。その淡いブルーの瞳が、遠いかすかな悲しみにおおわれた。そして、あわてて廊下のほうを振り向いて言った。

「ごめんなさい。お食事になさいますよね?」

「ええ。すぐ参ります」

台所に行くと、女性はスープを運んできた。彼はぺろりと平らげた。うまかった。

「ワインがあるのですが……」おずおずと女性が切り出した。「よろしければいかがです……。マヌエルが帰ってくるときのために、いつもとってあるんです」

「息子さんは、何をなさっているのですか?」

その家で、彼は奇妙な幸福感に満たされ始めていた。いつも、うら寂しい地区の、灰色の高い塀に囲まれた悪臭のする下宿に身を寄せてきた。ところが、ここは外に大地がある。大いなる母なる大地が。そして、この女性――気がふれているだって？　どんな狂気だというのだろう――にも、どこか大地に似たものが感じられた。日に焼けた幅の広い手にも、穏やかな切れ長の目にも。

「おじのところで、靴屋見習いをしているんです。とても器用なんですよ！　去年のクリスマスにわたしにつくってくれた靴はもうすばらしくて！　履くのがもったいないくらいです」

女性はワインと厚紙の箱をかかえて戻ってきて、ゆったりとした動作で彼のグラスにワインをついだ。そこには、何事も丁寧に心をこめておこなう女性らしい細やかさがあった。それから、箱を開いた。ぷーんと革とビターアーモンドの匂いがした。

「見てください、わたしのマノロがほら……」

シンプルな、グレーのスウェードのま新しい靴だった。

「いい靴ですね」

「世界に息子ほどすばらしいものはありません」女性は箱に靴をしまいながら言った。「そうですとも。何ものにもかえられません」

女性は彼に肉をよそってから、暖炉のそばに腰をおろし、腕で膝をかかえるようにした。ロレンソは、膝に乗った彼女の手の、かたくなった手のひらから、いわく言いがたい不思議な平穏さがにじみだしている気がした。

「おわかりになるでしょう？」彼女は火を見つめながら言った。「みなさんのように遊んでいるわけにはいかないじゃありませんか。結婚していくらもしないで一人、取り残されたんです。夫は日雇いで、何の財産も残しませんでしたから、わたしはただただ働いて、どうにかこうにかやってきました。そう、あの子が、息子がいたからやってこられたんです。だから、わたしは幸せでした。ええ、とても幸せでした。あの子が成長し、歩きだすのを見て、言葉をしゃべり始めるのを聞いて……、女はただそれだけのために、死ぬまで働くものじゃありませんか？読み書きだって、あっという間に覚えたんですよ。背も高くてね。わたしから生まれた子があんなに大きくなるなんて。だから、人から気ちがいって言われるんです。息子に畑仕事をやらせず、町で手に職をつけさせようとしたから。あわれな父親のように、畑で汗水たらして働く人間にすまいとしたから、頭がおかしいって。マヌエルに下宿代や本や服を買うお金を送りたい一心で休みもとらないから。だって、あの子は本が好きでねえ！　それにおしゃれなんです。だから、カラーの絵のついた本を二冊、村の店で買ってあるんです、送ってやろうと思って。マヌエあとで見せてさしあげるわ……わたしは読めないのだけれど、いい本にきまってます。

ルが喜んでくれるでしょう。学校の成績もよかったんですよ。ときどき帰ってくるんです。復活祭に来て、次はおおみそかかしら」

ロレンソは黙って耳を傾け、女性を見ていた。暖炉の前にいる女性には、はるかかなたの地平線をうっすら照らす、まぶしい後光がさしているようだった。女性の声には、大いなる静けさ、大地の凝縮した静けさがあった。〝ここでいい。ほかの家に行くことはない〟と彼は思った。

女性は立ち上がって、食器をさげた。

「クリスマスに帰って来たら、会ってくださいね」

「ええ、ぜひとも」ロレンソは応じた。「楽しみにしています」

「頭がおかしいって、言われるんですよ」女性が言った。そのほほえみにはまた、大地のすべての叡智(えいち)が宿っているように思われた。「狂ってるって。着るものにも履くものにも、自分のことには一切お金をかけないから。でも、我慢なんかじゃないんです。エゴイズム、ただのエゴイズムです。だって、なんだっていうんです。あの子のほうが大事でしょう。誰もわかってくれませんけどね。男も女も、誰一人!」

「気ちがいはあちらですよ」女性の口調につられて、ロレンソは言った。「気ちがいはそういうことを言う人たちです」

ロレンソは立ち上がった。女性はうっとりした表情で、暖炉の火を見続けていた。

マヌエルのベッドの、まだおろしたてらしい、ゴワゴワしたシーツの中にもぐったとき、ロレンソは――広く、遠く、あいまいな――幸福感がこの家のすみずみまでいきわたり、自分の中にも音楽のようにしみこんでくる気がした。

翌朝八時ごろ、女性がおずおずと部屋のドアをノックした。

「ロレンソ先生、お迎えです……」

ロレンソは、コートを羽織ってドアを開けた。アティラノ・ルイゴメスが帽子を手にして立っていた。

「おはようございます、ロレンソ先生。手配がつきました。グアダラマ家のファナが置いてくれることになりました。よかったです」

ロレンソはそっけなくさえぎった。

「わたしはどこにも行きませんよ。ここがいい」

アティラノは台所のほうを見た。カチャカチャと食器の音が聞こえてくる。女性が朝食の準備をしていた。

「ここですか……?」

ロレンソは、子どものようないらだちを覚えた。

「あの人は気ちがいなんかじゃありません。りっぱな母親、りっぱな女性じゃありませんか。息子のために生きる女性のどこが気ちがいだというのです。あれほど幸福そうに、息子さんの世話をしている人の……」

アティラノは、せつなげに目を床に落とした。そして、重大なことを告げるように指を立てて言った。

「息子さんはいないのですよ、ロレンソ先生。髄膜炎でもう四年も前に死んだのです」

いなくなった者

El ausente

夜、二人は言い争いになり、はらわたを煮えくりかえらせながら、互いに背を向けてベッドに入った。このところ、こういうことはしょっちゅうだった。夫婦仲がよくないのは、隣家のマリア・ラウレアナはもちろん、村じゅうに知られていた。だからよけいにくさくさするのだろう。〝壁に耳ありだ〟。ルイサは冴え冴えとした頭でそう思い、壁のほうを向いた。わざと、これみよがしに夫に背を向けて。夫の体も、ウナギのようにするするとベッドの反対端のほうへと動いていく。〝床に落ちる〟と、彼女は何度となく思った。しばらくすると、いびきが聞こえ、腹立たしさが募った。〝まったく、野蛮人ね。どういう神経をしてるんだか〟。けれども、彼女は眠れなかった。眠れぬまま、漆喰の壁と向きあい、自分の殻に閉じこもった。

わたしは不幸だ。そう、自分にまで嘘をつくことはない。不幸な女だ。愛のない結婚をした報いだった。素朴な農婦だった彼女の母親は、愛のない結婚は罪だと、つねづね言っていた。だが、彼女のプライドの高さがそうさせた。〝ぜんぶプライドのせいだ。マルコスに仕返しをしてやろうという、ただそれだけ〟。小さい頃から、彼女はマルコスのことが好きだった。暗闇の中で、目を見開いて壁に向かっていたルイサは、またじわっと熱い涙がこみあげてくるのを感じた。唇を噛む。貧しいが、幸せだった時の記憶がよみがえってきた。畑、果物の収穫……。〝マルコス〟。畑の塀のところでよりそうマルコスと自分。太陽は輝き、塀のむこうの用水路を流れる水音がしていた。〝マルコス〟。ところが、どうしたことか、マルコスは判事の長女と結婚した。なんの取り柄もない、粗野で器量の悪い娘と。しかも年増の。そんな女とマルコスは結婚した。〝マルコスがそんなことをするなんて、信じられなかった。どうしても〟。それにしても、もう何年にもなるのに、いまだに胸が痛むなんて。自分でもすっかり忘れていたのに。だって、仕方がない。日々の暮らしや貧しさや悩みで、そういうことは頭から消えていた。〝頭からは、そう。……だけど、どこかに悲しみが残っていて、こういうときに、よみがえってくる〟。その後、彼女はアマデオと結婚した。アマデオは、よそから来た、不遇な炭鉱労働者だった。卑しい日雇いにさえ見下される鉱夫。辛い時だった。結婚式のその日にもう後悔した。夫を愛していないし、これからも愛せないだろうと。一生。だって、仕方がない。〝要するに、不似合いな夫婦だ。そうとしか言えない。この人には心がない。デリカシーというものを知らない。貧しいのはいい。だけど……わたしは小作人の娘だ。畑には、それなりの礼儀とデリカシーがある。わたしたちはそうしたものを持っている。だけど、この男ときたら！〟彼女は自分の言葉にぎょっとした。アマデオではなく、「この男」だなんて！〝せめて子どもがいたら……〟。だが、結婚してもう五年になるのに、子どもはいなかった。

夜が明けると、夫の起きだす音が聞こえた。それから、台所を歩く足音と、食器がカチャカチャいう音。〝朝ごはんを作っているわ〟。彼女は子どもじみた喜びを感じた。〝そうそう、自分でやればいい。わたしは行かないから〟。どろどろとした怨恨が心を支配していた。だが、そこでドキリとした。〝わたしは夫を憎んでいるの？〟彼女は目をつむった。考えたくなかった。母はつねづね「人を憎むのは罪だよ、ルイサ」と言っていた。昔、日課のように聞いていた母の言葉は、母が死んでからというもの、改めて神聖で侮れないものに思えていた。

アマデオはいつものように、仕事に出かけていった。足音と、ドアがバタンと閉まる音がした。彼女はベッドにもぐりこみ、また眠った。

ずいぶん遅くなって起きだし、ふてくされて掃除をした。めんどりに餌をやりに外に出ると、噂好きの隣のマリア・ラウレアナが顔をのぞかせた。

「ゆうべはまた、ずいぶん派手だったね」

ルイサは、キッと睨みかえした。

「ほっといてください！」

マリアはうれしそうに、にやにやしている。

「まあまあ、そんな顔しなさんな。わかってるって。だいたい、あの男はあんたにゃふつりあいなんだよ」

同情するふりをして、マリアは続けた。ルイサは眉(まゆ)をひそめ、聞くまいとした。しかし、その声はゆっくりまわる毒のように、彼女の耳に入ってきた。そんなことわかっている。いつものことだった。

「すてておしまいよ。姉妹のところに戻っちまえばいいのに」

ルイサは、初めて本気でそれを考えた。頭の中で何かがうごめいていた。〝実家に帰る〟。実家に帰って、また畑仕事をしようか。それが何？　ずっとしてきたことだ。〝夫から解放されて〟。奇妙な感情が心を満たしていた。勝利だか復讐だかの、苦々しい歓喜のようなもの。〝考えてみよう〟と、心の中で思った。

ところが、思いがけないことが起きた。夫のほうが姿を消したのだ。

最初は、気にもとめなかった。〝じきに帰ってくるわ〟と、思った。いつも玄関が開いて夫が帰ってくる時間を、二時間すぎていた。二時間、何の知らせもなかった。夕飯はできていて、彼女は戸口の前で、インゲンマメの鞘(さや)をむいていた。浅葱(あさぎ)色の空に、月が冴え冴えと輝いている。怒りは、無言の苦悩に変わっていった。〃わたしはなんて不幸な女なの。ほんとうに不幸〃。とうとう一人で夕飯をすませ、さらにもう少し待ってから、床に入った。

明け方に、何か冷やりとしたものを感じて目が覚めた。ベッドの隣はまだからっぽだった。裸足(はだし)のまま起きだして、見にいった。狭い家の中は静まりかえっている。手をつけられていないアマデオの夕食。悪寒のような、妙な胸騒ぎがした。肩をすくめ、「勝手にすればいい。勝手に怒っていれば」と、独りごちた。ベッドに戻り、思った。〃夜、帰らないことなんか、これまで一度もなかったのに〃。もしかして気にしてるの？　どこの亭主も、酒場で酔いつぶれるなどして、家に帰らないことはある。だけど変だ。アマデオはそんなことはしたことがなかった。そう、彼は奇特な男だった。眠ろうとしたけれど、だめだった。教会の時計が時を告げるのが聞こえた。月の輝く空や、川のこと、自分のことを思った。〃不幸な女。ただそれだけ〃。

朝が来た。アマデオは帰ってこなかった。明くる日も、その明くる日も帰らなかった。

噂好きの隣のマリア・ラウレアナが、玄関に現れた。

「何があったんだい？　アマデオが鉱山(やま)に行ってないって、ほんとうかい？　そんなことしてたら、今にクビになるよ」

ルイサは青い顔をしていた。何も食べられなかった。〃わたしは憎しみのかたまりだ。憎しみしかない〟と、マリアを見ながら思った。

「そうなんですか。知らなかったわ。べつにかまわないけど」

マリアに背を向け、自分の仕事を続けた。

「ならいいけど。かまわないならそのほうがいいよ。あんたの好きにするんだね」

そう言って、マリアは去っていき、ルイサは一人になった。まったく一人ぼっちに。へなへなと椅子(いす)に座りこんだ。ナイフがころころと床に落ちた。寒かった、ひどく。明かりとりの窓から、アマツバメの鳴き声や小川のせせらぎが聞こえてくる。〝マルコス、あなたのせいよ。あなたのせいで、アマデオは……〟。ふいに、ルイサは怖くなった。奇妙な恐怖に、手が震えた。〝アマデオはわたしを愛していた。そう、わたしを愛していたんだ〟。そうとしか思えない。アマデオは粗野で無口で、優しさと無縁の男だった。それとなく彼女は察していた——辛い子ども時代を送り、十代も苦労をしてきた。アマデオは貧しかった。体に悪い、誰もやりたがらない仕事をして、どうにか——自分と、彼女と、いたかもしれない子どもの——食いぶちを稼いできた。なのに、彼女は彼にやさしくしてきたか？　わかろうとしたか？　いたわってきたか？　ルイサははっとした。そこにある彼の椅子、彼の服が目に入った。洗濯しなければならない汚れた服。部屋のすみにある、泥だらけの靴。何かがせりあがってきた。

叫びのようなものが。〝わたしを愛してるなら、もしかして、自殺してしまうかも……？〟

かっと、頭に血がのぼった。〝自殺する？〟わたしは彼のことを何もわかっていなかったということ？　暖炉の前で思いつめたように、ごつごつした手を組んでいるのを見なかった？　くたびれて、悲しげに額にかかる髪を。そう、悲しげだった。悲しんでいるなんて、思ったことがなかった。涙がルイサの頰を伝った。持つことのなかった子どものこと、首をかしげたアマデオの姿が頭をかすめた。〝寂しい……、寂しかったんだ。口数の少ない人だけど、あの人も寂しい子どもだったんだ。うちひしがれた、寂しい子ども。なのに、わたしは何をしてあげただろう〟。

ルイサは立ち上がり、外に出た。あえぎながら走って、鉱山に向かった。息を切らし、汗をびっしょりかいてたどりついた。だが、誰も彼のことは知らなかった。男たちは、険しい目で咎めるように彼女を見返した。彼女はそれに気づき、自分が悪かったと思った。

ルイサは絶望しきって家に帰り、ベッドに身をなげだして泣いた。伴侶を失ってしまったのだ。〝わたしにはあの人しかいなかったのに〟。そんなに大切だったのか？　ルイサは子どものように必死で、汚れた衣服や泥だらけの靴をさぐった。〝いつもそこにいた。隣にあった沈黙。そう、そこにあった沈黙。思い出をかかえて、かしげた首、そのまなざし〟。夜には隣にあった、あの体。彼女の理解できない渇きに満ちていた、暗い大きな体。わかっていなかったのは、自分だった。無知で、浅ましく、エゴイストだった。〝いつもそこにいた〞。じゃあ、愛は？　愛はどうでもいいの？　〝マルコス……〞。記憶がよみがえってきた。だが今やその姿はぼんやりとして冷たく、色を失っていた。〝じゃあ、愛は、どうでもいいってこと？〞しまいに、自分に言いきかせた。〝だいたい、愛が何かなんて、わたしにわかるわけがない。小説じゃあるまいし！〞

家は虚ろで、彼女は一人ぼっちだった。

アマデオは帰ってきた。夜、疲れた足取りで帰ってくるのが見えた。彼女は玄関まで駆け降りた。向き合い、啞のように黙って見つめ合った。夫は薄汚れ、くたびれていた。空腹に違いない。彼女はただ思っていた。〝わたしから逃げたい、わたしをすてたいと思ったけど、できなかったんだ。できなくて、戻ってきたんだ〞と。

「お帰りなさい」農婦のがらがら声で、できる限りやさしく言った。「心配で生きた心地がしなかったわ」

アマデオは何かを飲みこんだ。口の中で嚙んでいた、何かの切れ端か何かを。そして、ルイサの背中に腕をまわし、二人そろって家に入っていった。

小鳥たち

Los pájaros

村からだいぶ離れた、クルス・デ・バドに行く道の始まるところ、村はずれの家のまだ先にその少年は住んでいた。父親はアマラントス家の森番で、二人は人づきあいもなく孤立して暮らしていた。仕事柄、森番は村人から好かれておらず、少年に会ったことがある者はほとんどいなかった。

ある日、わたしは木苺を摘んでいるうちに、偶然森番の小屋のところに出てしまった。遠くに小屋が見えたときドキリとした。森番について村で囁かれている物騒な噂話がよみがえってきたからだ。

「あの男は、何か隠してるよ」と人々は言っていた。

「ああ、人を殺したとか……」

「だから、女房に逃げられたんだな！」

わたしはほんの少し前に九歳になったばかりで、森番について囁かれていることはほとんど理解できなかったが、木立の陰のコウモリのように、恐怖心がパタパタと胸に入りこんできた。

くたびれ、汗をかいていたわたしは、小屋を囲む樫(かし)の木立のところで立ち止まった。だが、そのとたん、自分がアマラントス家の敷地に入りこんでいるのに気づいてはっとした。

〝見られたら殺される。ここにいるのを見られたら、鉄砲でズドンって。パスクアリンみたいに、たきぎを盗みにきたと思われて〟と思って震えあがった。

テオドシア・アレハンドリアの末息子パスクアリンのことが頭をよぎった。彼はアマラントス家の森にたきぎを盗みに行って、森番に殴られて半殺しの目にあったのだった。戻ってきたとき、鼻血をたらしながら本人がそう言った。(もっともパスクアリンは大嘘つきのごろつきだと、誰もが思っていたし、本人の母親でさえ、あの子は信用ならないと言っていたのだが……)。ともかく、地面に落ちた枯れ枝をポキポキと誰かが踏む音がしたとき、わたしは脚の力が抜けていくのを感じた。

震えながら目をあげたわたしは、恐怖で動けなくなった。そこには、猟銃をかついだ森番がいた。祖父のところの羊飼いみたいに革のオーバーパンツを履いている。叫ぼうとしたけれど声が出なかった。森番は、真ん中にひどく寄った青い目でわたしを見て近づいてきた。何か話しかけてきたけれど、耳に入らなかった。わたしはぱっと駆けだした。ところが、何かに足をとられ、そのまま崖(がけ)から転げおちた。そのときでさえ、悲鳴をあげられなかった。

そのあとのことをほとんど覚えていないから、きっと意識を失っていたのだろう。助けおこされ、抱きかかえられて恐ろしい小屋に運ばれたのはかすかに覚えている。それから、どうなったのか、よくわからないけれど、気づくと炉ばたの柳細工の椅子にこしかけていた。森番が奇妙なやり方でわたしの膝と顔のけがの手当てをしていた。つんとすっぱい匂いのする軟膏を麻布の切れはしにつけて塗っている。

わたしはちらっと森番を見たが、まだ喉はからからだった。転げおちたのは痛かったけれど、山ではそんなことはしょっちゅうあった。石塀から落ちたり川の石で足をすべらせたり、木の上からどすんと落ちたこともあった。でも、気を失ったことは一度もなかったから、そのとき気が遠くなったのは、きっと森番への恐怖からだろう。

ていねいにほっぺたの血をぬぐってくれている森番の顔を間近で見ながら、この人は村のほかの人と変わらないとわたしは思った。肌は浅黒くしわだらけで髪は半分白く、いぶされた薪の匂いがした。

小屋は狭く、森の匂いが充満していた。窓と半分あいたドアから、外の草の青と、赤みをおびた日が風のように入ってきている。あたりは秋の初めの気配に満ちていた。

「よし。これで、ちっとは行儀よくなっかな」

森番が床についていた膝を起こし、へんなぬり薬を棚にしまいながら言った。

「何をそんなに驚いただ？」

彼に対する恐怖心がすっかり失せているのに、わたしは気づいた。とたんに、別の恐怖が襲ってきた。

「あのう、もうだいぶ遅いですよね？」

「五時だな」答えが返ってきた。

わたしはぱっと立ち上がったけれど、とたんに悲鳴をあげた。彼がまた近づいてきた。

「どうしただ」

膝が痛かった。ズキズキと恐ろしく痛んだ。彼は大きな手でわたしの脚をとり、膝を曲げさせようとしたが、わたしは死にものぐるいで抵抗した。

「痛いの！　痛いんだったら！」

森番は頭をかいて、考えこんだ。

「そうか。じゃあ、どうするかな。まあ、おちつけや」

「だって……だって」わたしは、泣かないように必死でこらえながら言った。「朝、家を出て、まだ帰ってないのを見つかったら……帰ったとき……」

森番はわたしをじっと見た。気持ちをおちつかせてくれる穏やかな目だった。この人が祖父に話してくれたら、おしおきされずにすむかもしれないとわたしは思った。

「事故にあった、もうちょっとで死ぬとこだったって、おじいさまに話してくれませんか？そしたら、おこられずにすむかも」

森番はまた頭をかいた。

「あんた、サルバドールさんのお孫さんかね？」

「そうです」わたしはこたえた。（「不幸なことに」という言葉を、わたしはのみこんだ。祖父の気性は、アルタミラじゅうでよく知られていた）。

「そうか。どうするかな。ともかく、じっとしてな。腹はへってねえか？」

そう言われて、わたしは気づいた。おなかがぺこぺこだということ、それに、それまで、大事なことに気づいていなかったということに。森番に出会わなかったら、自分はどうなっていたかわからなかったのだ。木苺を摘んでいるうちに迷って、どちらに行けばいいか、わからなくなっていたのだから。

「はい。すいています。それに、帰り道がわからないんです」

こらえきれずにこぼれた涙が、きらきら光りながら、ワンピースの上に落ちるのが見えた。

森番はわたしの頭に手を置いた。がさがさした、その手のひらの感触で気持ちがおちついた。

「いいか、ルシアーノを呼んでくっから、俺があんたの家に知らせにいくあいだ、一緒にいな。俺はあんたをおぶっていけねえから」

わたしは、こくんとうなずいた。ルシアーノという息子がいるのは聞いたことがあった。ルシアーノが小屋に入ってきたとき、わたしはびっくりした。そんなに美しい顔は見たことがなかった。わたしと年は同じか、少し上で、右脚をひどくひきずっている。左脚より右脚がうんと短いのだった。だが、醜く不恰好なのはそこだけだった。女の子のように長いさらさらの髪は、村では見たことのないきれいな金髪だった。

「こんちは」と言った。

洗いざらしのぼろぼろの服を着て、靴を履いていなかった。土の上を歩くからか、足は硬くごつごつしている。きらきらした大きな目が、こちらをじっと見つめていた。

「ルシアーノ、しばらくこの子と遊んでやってくれ。鳥を見せたらいい。この子の家に知らせてこなきゃなんねえ。足をけがしたもんでな」

ルシアーノは、どこか嫌悪のこもった目でわたしを見ていた。その目はあまりに静かで、怖いほどだった。

「わかった。外に出してやって」

森番はわたしを抱きあげて外に出た。ルシアーノはびっこをひきながら、先に立って歩きだした。草のところに出たとき、夕日がルシアーノの髪と、アルサドゥの鮮やかな花に縁取られた赤土の小道を照らし始めた。

「あっ、アルサドゥが咲いてる!」なぜかしらうれしくなって、わたしは言った。「もうすぐ寒くなるんだね」

「そうさな」森番が言った。「アルサドゥが咲いたらじきに寒くなる。誰に教わっただ?」

「お手伝いさんたちに」

ルシアーノがふりむいてわたしを見た。日差しをいっぱいに受けた彼の目が見え、わたしは森番の腕の中から手をのばした。

「ここでおろして!」

森番はそろそろと、わたしを地面におろした。そよ風がやさしくブナの木のあいだを吹きぬけていく。

「ここにいな、小鳥ども。じゃあ、迎えを呼んでくっからな」

森番はそう言うと、小屋に戻っていった。わたしは森番が中に入るのを見た。ルシアーノはわたしの前で、ごそごそ草をいじっている。

「どうして『小鳥ども』って呼んだの？」

「ぼくたちは小鳥だからさ」ルシアーノはこちらを見ずに言った。髪が顔にかかって、表情は見えなかった。

それから彼は立ち上がり、木のところに行った。樫の木だったと思うが、定かではない。幹に長い木のはしごが立てかけてあって、もっと上の枝には縄ばしごがかかり風に軽く揺れていた。どこか奇妙な感じがして、わたしは言葉と思考が停止した。そう、どこか不思議な、魔法のようなものがわたしをとらえた。枝のあいだから、だいだい色をおびた美しい秋の日がさしこんでいる。ルシアーノが木の下に行ってはしごをつかむと、枝という枝でにぎやかな声が起こった。空気を切り裂き、骨の髄まで届く、高らかな叫びのようなものが。

「ルシアーノ！　ルシアーノ、どうしたの？」思わず、わたしは声をあげた。

「鳥さ」

脚が悪いのに、ルシアーノはきわめてすばしこくはしごを登った。登りきると、ほんものの鳥のようにひょいととんで、枝からぶらさがった。木の上でルシアーノは、奇妙なほど敏捷（びんしょう）に動いた。まるで翼があるかのように。妙なメロディーを口笛で吹きながら、枝から枝へとびうつった。音楽というより、甲高い、切れ切れの美しいおしゃべりのようなその音色が、鳥たちのさえずりと混じりあった。鳥たちが彼の肩に、腕に、頭にとまるのが見えた。ただの黒っぽい鳥、軒下や道端でよく見かけるありふれた鳥だったが、九月の赤みをおびた日差しをあびて、わたしには理解できない声で鳴きかわす鳥たちはなんと美しかったことか！　ルシアーノは頭を高くかかげて口笛を吹いていた。縄ばしごにぶらさがって、ゆっくりと空中で前後に揺れ始めた。肩も腕も、黄色味をおびた灰色の小鳥に、金属的な音をたてて羽ばたく輝く翼におおわれていた。

「そら、ちょっと腹に入れておきな」すぐ横で、森番が言った。

その声にわたしは飛びあがった。森番は草の上に茶色いパンと、ひとにぎりの胡桃（くるみ）を置いて出かけていった。

ルシアーノは縄ばしごにぶらさがって揺れ続けていた。さらさらした長い髪が、金の雨のように一緒に揺れている。

「ルシアーノ！」甘い奇妙な不安でいっぱいになって、わたしは叫んだ。「ルシアーノ！」けれども、彼は聞こえなかったか、あるいは聞こえないふりをした。鳥たちのさえずりは耳を聾（ろう）するばかりになり、まわりのすべてがぎらぎらと怒りくるってきらめいているように見えた。草も空も大地も、絶対に噛んではいけないアルサドゥの毒のある花も。けれども、中でも最も輝いていたのは、何百羽もの金色の小鳥のとまったルシアーノの木だった。ルシアーノがぶらんこのように揺れるのをやめるとようやく、鳥たちのさえずりがやみ、光が弱まったように見えた。

「あなたの鳥？」わたしは目を丸くして彼を見ながらたずねた。

「うん。ぼくのだよ。……ぼくがそう言ってるだけだけど」

「いつしこんだの？……」

「わかんねえ」するすると縄を伝っておりながらルシアーノがこたえた。枝から幹に移り、そこからは木のはしごで地面に降りた。

「ねえ、教えてよ！」

ルシアーノはゆっくりとこちらにやってきた。草の上を歩くのを見て、両脚の長さが違うことを思い出し、妙にはっとした。それ以外は、こんなにきれいな子は見たことがなかった。

「教えることなんかないよ。だって、……ただの鳥だよ」

「なんでさっき、あたしたちは小鳥だって言ったの？」

ルシアーノはわたしの隣に腰をおろした。乱暴と言っていいほど、妙に荒っぽく草を手でなでていた。

「だって、そうだから」こちらを見ずに言ったが、その顔が明るくなったのがわかった。「鳥なんだ……。母さんもそうだった。だから、ぼくたちはみんな鳥なんだ。悪い鳥もいるけど、ほかのものにはなれない。鳥は寒くなると戻ってくる。だけど、けして同じ鳥じゃないんだ」

「あたしは？」

ルシアーノはゆっくりとこちらを見た。そして、光に満ちた、静かな大きな目をそらしてこたえた。

「おまえもさ。みんなだ」

そして立ち上がると、小屋のほうに行った。少しして、手垢（てあか）にまみれた大きな本を脇にかかえて戻ってきた。あらゆる種類の鳥のカラーの絵がいっぱいのっている本だった。それをわたしの前で、一ページ一ページめくっていった。

「これは寒いときの鳥……。これは小麦畑の鳥……。これはわたり鳥……。これは嵐の鳥……」

鳥の話をしているうちに、時が過ぎていった。殺し屋の鳥の奇天烈な話や、墓地の鳥の話を聞いた。夜の鳥の話と、昼さがりの鳥の話も。ルシアーノは鳥の話をたくさん知っていた。あるいは、たくさんの作り話をしてみせた。だって、本のどこにもそんなことは書いてなかったから。

「字を読めるの？」わたしはたずねた。

「読めなくてもいいさ」彼はこたえた。

ルシアーノが本を閉じようとしているとき、山道の木立の間を祖父の小作人頭のロレンソがのぼってくるのが見えた。さかんに手を振っている。老馬のマテオを引いていた。森番はその後ろから肩に猟銃をかつぎ、地面を見ながら歩いていた。

ロレンソはわたしを馬に乗せると、道々ずっとぶつくさ言いながら、荷物を運ぶように家まで送りとどけた。帰る途中でわたしは額が燃えるように熱くなり、喉の渇きとてつもない寂しさを感じた。色褪せていく空を見上げ、脱力感に襲われながら地面の匂いをかいだ。家に着いたときには高熱があり、おかげで叱られずにすんだ。

しばらくわたしは寝こんだ。起きられるようになったときには、もう厳しい冷えこみが始まり、秋が深まっていた。

病後、初めて外に出た日は、大好きな料理番のマルタが一緒だった。手をつないで菜園に向かいながら、種のこと、水やりのこと、収穫のことを話してくれた。マルタの節くれだった大きな手に包まれるように手をつないだわたしの額に、もうあまり強くない午前中の日差しが当たっていた。

菜園に出ると、マルタが畑のむこうを指さして言った。

「見てごらん、あいつらときたら、しょうがないねえ」

かかしがいるのに雀の群れが畝に舞い降りて、まいた種をついばんでいた。マルタは石を投げて追いはらった。マルタのあとから駆けていったわたしは、鳥を追いはらおうとロレンソがこしらえた人形を見て、突然声を失い、動けなくなった。

「マルタ、これ、どこから持ってきたの？」わたしはどうにか言った。夜のように巨大な恐怖が襲ってきた。マルタは横目でわたしを見ると、よくそうするように、べつの質問でこたえた。

「それがどうかしたのかい？」

わたしは、自分の唇が震えるのがわかった。

「だって、これ、ルシアーノの服だよ、森番の子の」

マルタは地面を見て肩を落とした。マルタの手から石が落ち、ころころころがった。すると、合図をしたようにすべての鳥が戻ってきて、かかしの左右に広げた腕と、日をうけてトウモロコシのように光っている、麻紐（あさひも）の頭に舞い降りた。

「そうか、もうわかったかい……。子どもってのは目ざといねえ。そう、ルシアニンの服だよ。森番がロレンソに売ったんだ。見たら悲しくなるからって」

「でも、どうして？」うすうす勘づきつつ、わたしはたずねた。

「ああ、つばめっこ」マルタは言った。「人生ってのはまったくねえ。ルシアーノは木の上から落ちて頭が割れちまったのさ。神様がくださった、この悲しい地面の上でね」

メルキオール王

El rey

村の学校は、とても古い家にあった。おそらく村で最も古い建物のひとつだ。その細長い家屋の二階が二つの教室――ひとつは男子用、もうひとつは女子用――に分けられ、道路側に窓があった。窓からは、橋と柳の木がある川が見えた。そのむこうには、広大な空のもと、ところどころに緑青（ろくしょう）のような草の生えた赤銅色の屋根の上に、山々が大きな青い影を落としていた。

教室の下は、カビだらけのオーク材の柱で支えられた、吹き抜けのポーチになっていた。経年ですっかり焼け、雨や蟻（あり）におかされた傷だらけの柱には、生きている子どもと死んだ子どもの名前が刻まれていた。学校の上には、もう一階、ひどく天井の低い階があり、教師の住まいと、ドロテア・マリナという名の貧しい未亡人の住まいがあった。彼女は、掃除をしたり料理をこしらえたり洗濯をしたり、教師の身の回りの世話をしていた。

ドロテア・マリナには、息子が一人いた。名前はディノ。九歳で、村じゅうの者から愛情というよりも同情を寄せられていた。ディノは、三歳のときから腰から下が麻痺し、窓辺で、ガマの編み座の椅子（いす）に日がな一日座っていた。ほかにすることもなく、空や屋根や川や柳の木を眺めている。朝の金色から、夕方の薔薇色と藍色まで。運動をせず、まったく動かないので体がアンバランスで、腕が細く長かった。目は大きくぱっちりとし、イシチドリのように金を帯びた栗色だった。

ディノは、椅子に座って、学校の物音や子どもたちの声を聞いていた。登校時間と下校の時間、読み方の時間、算数の時間、地理の時間……を知っていた。

「お母さん、今日は公教要理だよ」壁づたいに、昆虫の大群のごとくのぼってくる単調な声のするほうに、鳥のように長く首を伸ばして言ったものだった。

「お母さん、今日は九九をやってるよ」と、言うこともあった。

子どもたちが言うのを聞いてディノは、九九や主の祈りや使徒信経やイソップの寓話などをすっかり覚えてしまっていた。

晴れた日曜日や、夏の終わりの暑さがやわらいだ、ゆったりとした日暮れどきに、母親がだきかかえてポーチにおろすと、ディノは子どもたちと直接会って話をすることができた。子どもたちが何人かずつかたまって、喧嘩をしたり、川におりたり、馬跳びをしたりするのを見ると、ディノは、白い小石が地面ではねるような、小さな、やや堅い声をたてて笑った。時には、カードやビー玉を交換しようとよってくる子がいた。

「ディノ、これ、とりかえっこしようよ」

「いやだ。だってそれ、やぶけてるもん」

「……そっちはもう持ってる」

みんながディノのまわりに集まってきた。ディノは、ビー玉や、チョコレートのおまけのカードを、小さな箱に入れていた。こざっぱりとアイロンのかかった服を着せられ、いつも箱を持たせてもらって、ディノは幸せだったに違いない。

ある日、教師が死んだ。一か月近く授業がなくなったあと、ようやくドン・フェルミンが来た。

ドン・フェルミンは五十がらみの男の教師だった。髪はグレーで、小さい目をしばたたく癖があり、温和な疲れた顔をしていた。

「ドン・フェルミンのほうが、ドン・ファビアンよりいいな」と、子どもたちは帰り際に言いあった。

ドン・フェルミンは、誰にも逆らわない人間だった。ドロテア・マリナは、女たちにこう言った。

「なんでも言うなりなんだよ。天国に召されたドン・ファビアンとは大違い。あの先生は一日じゅう、文句ばかり言っていたのにね」

ドン・フェルミンは、学校での体罰を廃止した。かと言ってドン・ファビアンのときよりも、子どもたちがよく勉強するようになったわけではなかった。彼の手には負えなかったのかもしれない。嫌われてはいなかったが、子どもたちに教師を好きになれというのはどだい無理な話だった。

ドン・フェルミンは、寂しげで、いつも物思わしげだった。ある日、彼はドロテアにこうもらした。

「女房が死んで以来、何をしてもむなしいのですよ」

ドロテアはスープをつぎながらうなずき、ため息をついた。

「わかります。わたしもアレハンドロをなくしたとき、そうでしたから。息子がいなかったら、アガロ川に身を投げていたかもしれません」

「えっ、息子さんがいるのですか?」

「ええ、この春で九つになります」

「どの子だろう。名前を思い出せないな」

ドロテアは、悲しげに彼の顔を見た。

「いえ、学校には行ってないんです。ご存知ありませんでしたか？　もう誰かが言ったかと思ってました。村では、なんでもすぐ伝わるので」

彼女は事情を話した。ドン・フェルミンは何も言わず、いつもの心ここにあらずという表情で食べていた。だが、食事を終えると、食器やテーブルクロスを片付けているドロテアに、腹休めに腰をおろした窓辺から、こう声をかけた。

「息子さんに会わせてもらえませんか？　学校に行かないままにしておくわけにはいきませんよ。野蛮人じゃあるまいし。教室に来られないなら、わたしが行きましょう」

ドロテアは両手をにぎり合わせて、泣きだした。

その日から、ドン・フェルミンは学校が終わると、ドロテアの住まいに行き、ディノに読み書きを教えるようになった。

時が過ぎた。夏が行き、冬が来た。ディノとドン・フェルミンはすっかり仲良くなった。ディノはすぐに字を読めるようになり、書くこともできるようになった。それに、ドロテアの言葉を使うなら、「算術」も覚えた。泉に洗濯に行くと、ドロテアはとくとくと女たちに語った。

「うちのかわいそうなディノときたら、今じゃ、もう神父さまみたいにすらすら字を読めるんだよ」

ディノはドン・フェルミンによくなついた。彼が来るのを、いつも首を長くして待っていた。

「お母さん、主の祈りを唱えているよ。もうさよならの時間だね」

塔の時計が六時を打つと、子どもたちが下校する。駆けていく音や、はしゃぐ声、急な階段を降りる足音が聞こえる。続いて、キュッキュッと靴底で音をたてながら、のろのろのぼってくる足音がして、ドン・フェルミンが入ってきて言う。

「やあ、やんちゃ坊主!」

ディノがにっこりして、授業が始まる。勉強のあとも、ドン・フェルミンはしばらくとどまった。ディノが一番楽しみにしている時間だ。ドン・フェルミンは物語を語り、遠い土地の人や風物のことを話してきかせた。それからというもの、ディノはときどき、夜になると、ドン・フェルミンがしてくれた話を夢に見るようになった。

「ドン・フェルミン、あの子の頭をいっぱいにしないでください」ドロテアの心で、誇らしさと痛みがないまぜになっていた。「人生はこんなに厳しいのに」

「あの子はふつうの子ではありませんよ。幸せなことに、わたしたちとはできが違うんです」

ドン・フェルミンはこたえた。

ドン・フェルミンはディノのために本を買った。おとぎ話や昔話の本は、ディノに夢を見させた。長距離バスで本が届くと、ドン・フェルミンは、早く見たくてうずうずしているディノの前で、もったいぶって包みを開いた。

「ドン・フェルミン、紐を切ってよ。ほどくんじゃなくて」

「まあ、待ちなさい。なんでも無駄にしてはいけないよ」

ドン・フェルミンは、几帳面な、イギリス風の美しい文字で手紙を書いて町に注文した。『代金引きかえ払いで、送ってくださるようお願いいたします』ドン・フェルミンは、眼鏡のレンズをハンカチでぬぐった。ドロテアは夕飯をこしらえながら、〝神様、ドン・フェルミンをうちによこしてくださってありがとうございます。あの子のために、ずっと先生がいてくださいますように〟と、心の中で言った。

こうしてクリスマスの季節がやってきた。ドン・フェルミンは、自分の家で一緒に食事をするように、ドロテアとディノを招待した。そしてドロテアに、いつもより多めにお金を渡して言った。

「さあ、今日は腕をふるってください。特別な日ですから」

ディノはうれしそうだった。やせこけた両頰が、ほんのりとピンクに染まっていた。その夕方、二人で窓辺に座って外の雪を見ながら、ドン・フェルミンがたずねた。

「三賢王のことは聞いたことがあるかな？」

ディノは一度も聞いたことがなかった。ずっと前に聞いたかもしれないが、覚えていなかった。ドン・フェルミンは、いつになく表情が明るかった。三賢王のことを話すと、ディノは問い返した。

「今年はぼくのことを思い出してくれると思う？」

ドン・フェルミンは考えこんだ。

そして翌日、ドロテアにこう話した。

「ドロテアさん、ひとつ、頼みがあります。ベッドカバーでもはぎれでもいい、光沢のある布を探してきてもらえませんか？　王様の衣装を作りたいのです」

「王様ですって！」

「思いつきましてね。あの子を驚かせてやりましょう。メルキオール王が、プレゼントを届けにくると言って。あの子は純粋ですからね。わたしたちとは違う。何か楽しみを与えてやりたいのです」

「ドン・フェルミン、とんでもありません。あの子におもちゃだなんて！」

「黙って見ていてください」ドン・フェルミンはいらだった。「おもちゃはわたしが注文します。そうしてやりたいのです。喜ばせたいんです。あの子だって、少しくらい楽しいことがあってもいいじゃありませんか」

ドロテアは考えこんだ。

「それはどうだか。ドン・フェルミン、人生は厳しいのです。人生は甘くありません。あの子の頭によけいなことを吹きこんだところで、そのあとどうなることか……」

ドン・フェルミンは言った。

「それは、わかりません。でも、これだけは確かです。どちらにしろ、人生はつらいものなんです。だから、一度くらい、たった一度くらい、夢を見させてやってもいいじゃありませんか。あれこれ言わず、喜ばせてやりましょう。人生の厳しさは、いずれ時が教えてくれます」

ドロテアは首を横に振りつつ、従うことにした。

一月四日、衣装はどうにかこうにかできあがった。司祭のところの家政婦が、教会の聖具収納庫から着古した僧服を見つけてきてくれた。

「ビセンテ神父に見つかったら、大目玉だよ」

「絶対に人には言わないから。ドン・フェルミンがね、うちの息子に目をかけてくれてさ」

はなをすりながら、ドロテアは針をとり、できるだけきれいに飾りを縫いつけていった。ドン・フェルミンには、すばらしい出来ばえに思えた。古いレースをあしらったチュニックと、かなり色のさめたダマスク織の金縁のケープ。そして、ボール紙に金銀の紙をはりつけた自作の王冠。夜、ディノに会いにいった。

「ディノ、知ってるかい？　メルキオール王が、プレゼントを持ってきてくれるぞ」

ディノは目を丸くした。話を聞くあいだ、その目は雨を受けた秋の木の葉のようにきらきらと輝いていた。そのようすがほほえましいやら悲しいやらで、ドロテアは台所で首を振っていた。

一月五日の朝は晴れ渡っていた。日差しをうけて、積もった雪がまぶしく輝いている。ドン・フェルミンはディノを迎えにいき、自分の家につれていった。脚に毛布をかけてやり、窓から外を見ながらおしゃべりをした。雪景色に、木立が黒々と浮き上がっていた。

夕方近くになって、ドン・フェルミンのところに客が来た。母親にお使いを頼まれた子どもだった。

「ドン・フェルミン。このケーキ、お母さんが先生にって」

裁判官のマキシミノ・シフエンテスの息子たちだった。ドン・フェルミンが寝室に駄賃にする小銭とあめをとりに行ったときに、ディノが言った。

「今晩、メルキオール王がぼくにプレゼントを持ってきてくれるんだよ」

マキシミノの長男のパコが、口をぽかんとあけた。

「ええーっ！」

「王様だってさ」

ディノがほほえんだ。

「そうだよ……ドン・フェルミンが言ってたもん、今晩来るって。……知らないの？　十二時まで眠るんじゃないぞって、ドン・フェルミンに言われてるんだ。……けど、どっちみちぼくは寝てしまうだろうから、そしたら起こしてくれるって。だけど、ぼくは寝てるふりをしなきゃならないんだ。寝てないってばれたら、王様が何も置かないで帰ってしまうから。だから、王様が来て、プレゼントを置いていくのを、片目だけあけて見るんだ」

隣の部屋で、ドン・フェルミンは困惑して、聞き耳をたてた。

「こいつ、嘘ばっかり言ってら！」

「嘘なもんか」

「ばかだなあ……。来るわけないよ」

「来るんだってば。……嘘だと思うなら、見に来たらいい」

「来るもんか」パコが返した。「あとで話を聞くからいいよ」

寝室で、ドン・フェルミンはベッドのふちに腰かけた。目をしばたたきながら、耳をすませた。

「なんなら今だって話してあげるよ。見なくたってわかる。話そうと思えば、今だって話せるよ。ようく知ってるもん」

「じゃあ、話せよ」

ドン・フェルミンは、ディノのまんまるい瞳を想像した。中で水滴がちらちらきらめくように輝く金色の瞳を。

「そうさ、王様が来るんだ。まず、音楽が聞こえる」

「音楽だってさ」

「そうさ、音楽だよ。王様が来るのに、音楽がないわけないだろう？　とてもきれいな音楽が聞こえるんだ。それから窓全体が金色になる。で、部屋じゅうにある木が全部、金になる。床も、ベッドも全部。窓から入ってくる光で、何もかもが金になるんだ。それから、山の上に星が一列に並ぶんだ。それから……」

「それから、なんだよ?」

「三人の王様がやってくるんだ。ラクダに乗って。だってドン・フェルミンが言ってたもん、ラクダに乗ってくるって。ラクダがだんだんと近づいてきて、最初は遠くて小さかったのが、だんだん大きくなるんだ。白い王様と、黄色い王様と、黒い王様が空から来るんだよ。召使いや従者をぞろぞろひきつれて。みんな色とりどりの衣装を着てる。花束をかかえてさ」

「一月に花なんてあるわけないよ」

「だって、王様だよ。それに白い象もつれてくるんだ。象の背中には、雲まで届くくらい贈り物が積み上げてある。そして、メルキオール王が近づいてくるんだ。ぼくの王様だ。金と銀の服を着て、宝石と星をちりばめた冠をかぶってる。マントの裾を床にひきずって、白いひげは腰まであるんだ。こういうのをぜーんぶ、今晩ぼくは見るんだ。王様はぼくの部屋の窓まですごく長い金のはしごをかけておりてくるんだ」

話はまだまだ続いた。ドン・フェルミンは途中でついていけなくなり、とうとう立ちあがって、パコを呼んだ。

「ちょっとこっちにおいで」

マキシミノの兄弟は、おずおずと隣の部屋に入っていった。

「このあめをやろう。さあ、もうお帰り」

二人は出ていき、ドン・フェルミンは一人になった。たんすをあけ、王様の衣装を眺めた。古いくたびれた布、銀紙をはりつけたボール紙の冠。

「ドロテア」と呼んだ。

彼女が入ってきた。

「いや、その」ドン・フェルミンは目を伏せたままで言った。「あなたの言うとおりだと、今わかりましたよ。今夜はあの子を起こさないほうがいい……。眠っているうちに王様が来たと思わせておきましょう。あなたの言うとおりでした。人生は夢ではない。あの子の頭によけいなことを詰めこまないほうがいい」

ごろつきども

La chusma

よその土地からやってきたその人々のことを、村の者は〈ごろつきども〉と呼んでいた。少し前にラグナ・グランデの斜面に炭鉱ができ、鉱夫たちが村にやってきた。彼らの多くは子沢山の家族もちで、村の古い地区の、住めるように整えた藁小屋にぎゅうぎゅうづめになって暮らしていた。騒々しく、けんかっ早いと言われていたが、実際は、諦めきって、歯向かいすらしない、おとなしい人々だった。ただし給料日には、もらったばかりの金を握りしめて、〈グアヨの店〉や〈ピントの店〉、マリア・アントニア・ルケの飲み屋にくりだして、ぐでんぐでんに酔っぱらい、しまいに刃傷沙汰になった。

彼らは言うまでもなく、平日は一日じゅう、立坑や洗鉱場で働きづめだった。そのあいだ妻たちは、降っても晴れても、あらゆる年代の子どもをひきつれて家事をきりもりし、油やジャガイモやパンをツケで売ってくれるよう商店主とかけあい、町はずれの川か、ローマ橋の下の井戸端で洗濯をし、不幸にみまわれると声をはりあげて泣いた。この最後の行為は、相当な頻度で起こった。

ごろつきどもの中に、ガルゴの一家がいた。ほかと似たり寄ったりの家族だったが、ただ父親が飲みにいかないところだけが違っていた。二歳から十六歳までの九人の子がいる。ミゲルとフェリックスという、上の二人は、やはり炭鉱で働いていた。三番目のファビアンが、ぼくと同い年だった。

ファビアンと、どうして友だちになったたか、よくわからない。午後の太陽のもと、彼も古い墓地の後ろの石塀あたりをうろつくのが好きだったからか、野良犬が好きだったからか、それとも、彼も、遠い昔のお金のようにすべすべの、黒くて丸い川石を集めていたからか。ともかくファビアンとぼくは、夕方、墓地の崩れかけた石塀のところでときどき会って、おしゃべりをした。ファビアンは浅黒い、頬骨のはった穏やかな子で、風のうなるような声でゆったりと話した。ぼくはべつに気にとめなかったけれどよく咳をしていて、ある日、祖父の家の女中の一人が、ぼくが彼と一緒にいるのを見かけて、

「病気をうつされたらどうするんだい。おじいさまに知られたらおおごとだよ！」と、わめいた。

それでぼくは、ファビアンといたらいけないんだ、これは秘密にしておかなきゃいけないことなんだと悟った。

その年は、冬もそのまま田舎の祖父の家にいることになって、ぼくは喜んでいた。学校は好きではなかったし、大地は、なぜかぼくを強くひきつけた。ファビアンとの奇妙な友だち関係は、夏と同じように続いた。だけどそれは「昼寝の時間の」友情で、ほかの時間に会っても、ぼくたちは互いに知らんぷりをしていた。

村では、川でとれる鱒やバーベルをときどき食べる以外、魚は食べなかった。ただし、クリスマスイブには、ロバに籠をぶらさげた男たちが上の道からやってきた。その年は、雪の中、男たちがやってくると、祖父の家の女中たちは手に手に籠を持ち、普段はない、めずらしいことがあるときの常で、キャーキャーとはしゃいで駆けよった。行商人たちの籠の中には――いったいどこから持ってきたのか――その土地ではめったにお目にかかれないすばらしいものが入っていた。海でとれた鮮魚だ。中でも、みなが目を輝かせたのは、冷えこんだ朝の雪の中、きらきらと赤みをおびた金色に光っている大量の鯛だった。女中たちのあとについて外に出たぼくは、彼女たちのようにとびはね声をあげた。女中たちが値切るのを聞いたり、軽口を言いながら、バンバン体を叩いて行商人たちとやりあうのを見たりするのがぼくは好きだった。海から遠いその土地では、魚は驚くべき贈り物だった。村人たちが塩焼きの鯛でクリスマスイブを祝うのが好きだと、行商人たちは知っていた。

「世界一大きいのは、さっき売れちまったけどな」行商人の一人が言った。「こっから、こんくらいまであったぜ。誰が買ったと思う？　鉱夫さ。黒いネズミ野郎に売ったのさ」

「どいつにだい？」女たちが首をかしげた。

「ガルゴっていう奴さ」別の商人が答えた。「子どもをぞろぞろひきつれてよ。今夜は大ごちそうだな！　あのガキどもが全員のっかっても、しっぽがのぞくくらいでかかったぜ」

「そりゃ、大喜びだろうね！　ガルゴんとこの子たちは、いつも腹をすかせてるからさ」と、女中のエミリアーナが言った。

ぼくはファビアンのことを思い出した。そのときまで、彼の家族がひもじい思いをしているなどとは、考えたこともなかった。

その晩、祖父は村の医者を食事に招待した。独り住まいで、そばに親戚もいなかったからだ。それに、村の教師が奥さんと二人の息子をつれてきた。台所には、女中たちの家族が少なくとも十五人くらい集まっていた。

一番乗りは医者だった。ぼくはあまりよく知らなかったが、いつも酔っぱらっていると女中たちがいうのは聞いていた。背が高くでっぷりしていて、髪は赤っぽく、歯が黒ずんでいた。きつい香水の匂いがして、くたびれた背広はナフタリン臭く、衣装ケースから出したばかりなのがわかった。手が大きく、粗野でだみ声——女中たちに言わせると安酒のせい——だった。医者がたらたらと村の文句を並べ続けるのを、祖父はどこかおもしろがって聞いているようだった。教師の一家はみな顔色が悪く、やせておどおどしていて、一言も口をはさもうとしなかった。

ぼくたちがまだテーブルにつかないうちに、医者が呼ばれた。女中の一人が、笑いをこらえながら、伝えにきたのだ。

「旦那さま、ガルゴっちゅう家族はご存知で？　ごちそうに鯛を買った、あのごろつきの鉱夫ですけんど、その父親が、どういうわけか、骨をのみこんで、喉につまらせたっちゅうので、アマドール先生に、来てもらえねえかって呼びに来てるんです」

アマドール先生、つまり医者は、渋い顔をして立ち上がった。アペリチフを中断され、不承不承マントを羽織った。ドアのところまでついていったとき、外でファビアンがしゃくりあげているのが見えた。彼の胸は、こみあげる涙で上下していた。

ぼくがそばに行くと、ファビアンは気づいて言った。

「父ちゃんが喉に骨をつまらせたんだ」

ぼくは気の毒でたまらなくなった。闇の中、嵐用のランタンをさげた姿が見えなくなると、食堂に戻ったけれど、胸がざわついていた。

　かなりたっても、医者は戻らなかった。祖父がじれているのがわかった。あまり遅いので、とうとうぼくたちは席について食事を始めた。なぜかしら、ぼくは悲しくて、そこらじゅうに悲しみが漂っている気がした。もっとも、もともと祖父は明るくもなければおしゃべりでもなかったし、教師にはなおさら、そういうことは望めなかった。

　デザートが運ばれるころになって、ようやく医者は帰ってきた。顔を赤くして、大声をはりあげ上機嫌だ。酒を飲んできたようだった。不可解な喜びようだった。どこからか、冷たい風がヒューッと吹きこんだ気がした。医者はテーブルにつき、料理をがつがつと平らげていった。見ていると、ぼくは妙な不快感をおぼえた。祖父も神妙な顔をして黙っている。教師の奥さんは、恥じいるように自分の爪の先を見つめていた。医者はワインを手酌でついでがぶがぶ飲み、すべての料理をおかわりした。医者が品のない人間だというのは誰もが知っていたが、普段は本人がそう見られまいと取り繕っていた。だが、その時は口いっぱいにほおばり、皿まで食いそうな勢いで恥も外聞もなくがっついていた。医者は食うほどにますます調子づいて、とうとう話しだした。

「いやあ、うまくいきましたよ。ガルゴときたらけっさくだ……ワッハッハ」

そして、こう語った。

「家族全員が、まわりにいてですな、食っていけもしないくせに、ごろごろと子どもを作るろくでなしどもめが。で、紫になって、こう、ぽかーっと口をあけていたんです。骨がつっかかってるのがわかって、〝これはしめた！〟と思いましてね、言ってやったんです。『二百五十ペセタ、貸しがあるのを覚えているか。それを払ったら骨を抜いてやる』ってね。やつら、もう真っ青ですよ、ハッハッハ」

医者は、なおもしゃべり続けていた。でも、ぼくはもう聞いていなかった。何かが喉につきあげてきて、祖父に頼んで席をはずさせてもらった。

台所は、医者の話でもちきりだった。

「かわいそうにねえ！」エミリアーナが話していた。「こんな雪の晩に、一軒一軒たずね歩いて、お金をかきあつめたんだよ……」

ちょうどその時やってきた、料理番のテオドシアの弟たちが、まだ肩に雪をのせたままで言った。

「人でなしだよ。どのくらいかかったんだか、そのあいだ、ガルゴはずっと口をあけてたんだとよ」

「で、お金は集まったのかい？」小作人頭のルカスがたずねた。

「ああ、どうにかかな」テオドシアの弟がうなずいた。

ぼくは、改めていたたまれない気持ちになって、台所を出た。とくとくと話している医者の声が、まだ聞こえていた。

医者はかなり夜更けて帰っていった。泥酔していて、橋を渡るとき、よろけて、増水した川に落ちた。誰も気づかず、叫び声も聞かなかった。朝、ティント谷よりもっと先で、土左衛門になって見つかった。丸太のように流され、岩の間にひっかかって、アガロ川のどろどろした黒い水の下に沈んでいた。

宝物

El tesoro

マルシアルはルカス・メディオディア家の小作人の一人で、ピナレス家の畑地と隣りあった、川むこうの畑で働いていた。四十歳くらいの独りもので、母親が死ぬまでは母子二人で、街道沿いの、古いくずれかけたぼろ家で暮らしていた。

マルシアルは、陽気な男でとおっていた。ワインに目がなかったが、これもみなが認めていたことだが、「程をわきまえていた」。祭りでは、いつもひときわ目立っていた。色とりどりのリボンや赤い絹のスカーフを巻きつけて、カチビリオ〔毛皮や鈴をつけて祭りの行列で踊る人物〕に扮し、サンタクルスの祭りの行列で踊っていた姿をよく覚えている。稼ぎは少ないが、働きものだった。わたしたち子どもをとてもかわいがってくれて、いつでもリンボクの実や、プラムや、野生の蜂の巣のかけらなどをとっておいてくれた。わたしたちがそういうものには目がないが、家で食べさせてもらえないのをよく知っていたからだ。狐と兎のいろんな昔話をしてくれたし、鳥をつかまえるためのとりもちや麻笛の作り方も知っていた。わたしたちはマルシアルになついていて、彼が仕事から帰ってくるころを見はからって、彼に会いに街道沿いの家をたずねたものだった。

マルシアルはいつも丁重にわたしたちを迎えた。山の男たちはたいてい、独特の折り目正しさを持っていた。それは、わたしたちが町で教わる礼儀作法とはまるっきり違うものだったが、わたしたちはよく理解していた。腰まで水桶につかって、麻袋の切れはしで体の汚れを落としながら、マルシアルは、わたしたちの名前を一人一人呼んでいった。呼ぶのは年の順と決まっていて、誰一人言い忘れもしなければ、順番を間違えることもなかった。

いつだったか、マルシアルが町のことをたずねてきたことがあった。わたしたちの要領を得ない説明を聞いてから、マルシアルはしばらく考えこんで首を振った。

「町に行きたい?」兄がたずねた。

「さあな」彼は眉をかきながらこたえた。「わかんね。おらの知ってるもんとは、なんもかんも違っていそうだしな」

ところが、ある日、マルシアルは変わった。わたしたちは、町で冬を過ごし、夏の初めに山に戻ったときに、それを知った。最初の知らせは、もちろん台所のドアの内側で聞いた。台所のドアをくぐって、マルタや女中たちの王国に入るか、菜園の木戸を抜けて馬小屋におりていくと、山の世界が現実のものとなった。その境界線を越えると、すべての山の謎が解き明かされた。

その世界で、わたしたちはマルシアルが様がわりしたことを知った。

「すっかり別人さ」小作人頭のマリノが言った。「昔の面影もない。悪い病気になっちまったみたいに、暗いおっかねえ顔をしてよ」

「そうそう、ありゃ、病気だよ。ごうつくばりのね」と、マルタが言った。

どういうことだろうと、わたしたちは首をかしげた。まもなく、マルシアルが宝物を手に入れ、それを盗まれやしないかと戦々恐々としているのを知った。

「宝物って?」むくむくと好奇心が湧きあがった。「マリノ、どんな宝物? 教えてよ」

「すんげえ宝だとさ」マリノはたばこを巻きながら、もったいをつけた。「畑で見つけたんだと」

「どうしてわかるのさ?」うたぐり深い兄がたずねた。

「わかるからさ」マリノは、兄の目をじっとのぞきこんで、ゆっくりとこたえた。「そういうことは、自然と知れるのさ。金貨が詰まった壺を見つけたんだと。それからってもの、死んだも同然よ。家のどっかに埋めたんだろうが、びくびくして、何も楽しめやしねえ。盗まれやしねえかということしか考えられねえんだな。で、今度は、宝なんぞ持ってねえ、みなが嘘を言いふらしてるとむきになってな。ワインを二杯飲むと、『何も見つけちゃいねえったらいねえよ、バカどもが』とからんでくる。誰も聞いちゃいねえのに、勝手に悪いほう、悪いほうに考えるんだな。やっかいなこった。もうおまえさんたちの知ってるマルシアルじゃねえ。悪いことは言わねえ、家に行かねえほうがいいぞ」

それを聞いて、わたしたちはショックを受けた。けれども、それほど大ごととは思わず、翌日、マルシアルが農作業から戻っているころあいを見はからってたずねてみた。細い坂道をのぼって街道に出て、いつものように大声で名前を呼びながら近づいていった。マルシアルは戸口の前に座っていたが、すぐに、険しい、ふさぎこんだ表情が目に入った。わたしたちがひるんで足を止めると、やがてマルシアルはこう言った。

「ぼうずども、家に帰んな。おめえらと遊んでいる暇はねえ」

ほんとうに、マルシアルはがらっと変わっていた。わたしたちは悲しくなって、すごすごとひきあげた。前のように仲良くしてくれないかと、何度か、出直してみたけれど、そのたび、がっかりさせられるばかりだった。けれども、兄たちはじきに忘れても、わたしは忘れられなかった。どういうことか、わけがわからず、小作人頭のマリノについてまわっては、マルシアルのことをしつこくたずね続けた。

「なんでマルシアルは、見つけてないって言うの？」

「ルカス・メディオディアの畑で見つけたからさ。自分のものだと地主に言われやしねえかと、怯えてるのさ」

「言われるの？」

「まさか！」マリノは、あきれ顔になった。「メディオディアは、宝なんぞ信じちゃいねえさ」

あるとき、居酒屋でマルシアルを見かけた。前より酒量が増え、マルタが言うように、「悪酔いしている」のが見てとれた。酔うと疑い深くなり、すぐにけんかを売ってくるらしかった。前は飲むと、美しく、ちょっと物悲しい歌をうたっていたのに。

ある日、マルタがさんざん恐れていたことが起きた。夜、マルシアルの家に何者かが押し入って、マルシアルの頭を一撃してけがを負わせたうえ、家じゅうの金目のものをさらえていったのだ。瞬く間にニュースは広がり、マルタは怯えて話した。

「聞いたかい？　宝を掘りあてた、あのマルシアルのこと。気の毒に、なんてことをするんだろうね。家に入った泥棒に頭を殴られて、もうちょっとで死ぬところだったってさ。警察が調べてるけど、そこらじゅうひっかきまわされて、床の煉瓦まではがされていたらしいよ」

「で、宝は見つかったのかい？」

「さあ、それはわからない。マルシアルは泣きながら、宝なんて持っていないと言い張ってるって。どういうことだろうね！」

マルシアルは頭のけがで、何日か寝こんだ。祖父はそれを聞くと、マルシアルが一人暮らしだと知っていたので、マルタを呼んで、看病に行き、いるものがあればなんでも持っていってやるようにと命じた。わたしは、祖父に言えばだめと言われるのがわかっていたので、マルタにこっそりつれていってもらった。何日かマルタが通って、家の中を片付けたり、小さな台所で食べるものをこしらえたりしているあいだ、わたしは、頭に包帯を巻いてうめいているマルシアルにつきそっていた。その数日間のマルシアルは小さな子どもか小鳥のようで、見ているとひどくかわいそうになった。

泥棒はじきに見つかった。マリア・アントニア・ルケの十四歳と十八歳の息子たちが、自分たちがやったと白状した。マルシアルの宝物を盗もうとしたが、見つからなかったらしい。治安警察が二人を逮捕したのを、マルタがマルシアルに伝えた。マルシアルはもうかなりよくなっていて、それを聞くと、ベッドの上で体を起こして言った。

「マルタ、玄関を閉めてくれ。あんたとこの子にだけ話したいことがある。二人とも、ほんとうによくしてくれたよ」

マルタは好奇心をそそられて、言われたとおりにし、マルシアルの言葉を待った。

「宝はあるんだ。だが、持っていてもろくなことはねえ。だからマルタ、あんたに預けるよ。なんとでも、いいようにしてくれ」

「やめとくれよ」マルタはエプロンで顔をおおって、うめいた。「めっそうもない。そんなおっかないこと、あたしにゃ無理だって」

「何言ってるんだい」マルシアルがなだめた。「頼むよ、このとおり。あんたなら、どうすりゃいいか、わかるだろう」

「なら、旦那さまにお言いよ」マルタは、狼狽しきった顔を、エプロンからのぞかせた。「旦那さまなら、ちゃんといいようにしてくれるよ。お金のことなんか、あたしたちにわかるわけがない」

マルシアルは、手をはげしくふりまわして言い返した。

「旦那さまだと！」太陽のことだか雨のこと、もしくは、地平線の彼方まで続く、広大な他人の土地のことを話すかのように、マルシアルは吐き捨てるように言った。「旦那さまなんぞにやる宝はねえ！」

マルシアルは立ち上がり、たんすのところに行った。そして、引き出しをあけると、背板に見せかけた板をはずして奥に手をつっこみ、わたしたちの前にこぶしをつきだした。

「誰にも言うんじゃねえぞ。いいか、宝はここにある」

マルタは十字を切り、わたしもまねをした。

「わかったよ」ぶるぶる震えながら、マルタがこたえた。「必要な者で分けるって約束するから」

マルシアルは、ゆっくりとこぶしを開いた。ごつごつしたその手のひらには、一枚の金貨が光っていた。

島

La isla

一

いつもと同じ日のようだった。けれども、顔に風を受けたとたん、空の色だか、木立に残った最後の木の葉だかがどこかいつもと違うことに気づいた。ペリコは将軍通りを行くかわりに右に曲がり、焼き物用の赤土がとれる場所に通じる別の道を歩きだした。ペリコは口笛を吹き始めて思った。〝今日、学校に行かなかったら、ばれるだろうな。校長先生がすぐに家に知らせるもん。でも、いいや、楽しんじゃおう〟と。彼は一度だけ学校をずる休みしたことがあり、嘘をつけないおかげで、その時はひどい目にあった。

ばあやは、その赤い道には絶対に行かせてくれなかった。通りには、いびつでへんちくりんな、ちっぽけな家が立ち並んでいた。そこの住人たちがみずから、上塗りをしていない煉瓦(れんが)を積んで作った家だ。窓やドアは、かんなをかけていない木でできていた。道には、そのきれいな泥で足をまっ赤に染めた子どもたちがいた。そのあたりは瀬戸物横丁と呼ばれていたが、もう焼き物職人は一人も住んでいなかった。「ずっと昔にいなくなったんですよ。ユダヤ人だったから」と、いつかばあやが話してくれた。今よりもっと小さかったペリコは、それを聞くと怖くなった。夜になるとユダヤ人たちがやってきて、悲しげな意地の悪い目でこちらを見ながら、ベッドの足元で粘土をこねて器を作る夢を見た。彼らはペリコのことを嘲笑い、行くと帰れない国に連れ去ろうとした。今はもう八歳だから、そんなことで怖くはならないけれど。

その時間には、道で遊んでいる子どもはいなかった。いるのは母親に抱かれた幼い子だけだった。大きい子は村の学校に行っていたから。ペリコは「かわいそうに、退屈だろうな」と、独り言を言った。冷たい風が頰に当たり、淡い水色の空を雀のような鳥がさえずりながら飛んでいった。ペリコは道のはずれにたどり着いた。そこには、中でも一番小さい家があった。けれどもその家は、花壇のような土地に囲まれていて、そのまわりには垣根よろしく、花を植えた古い植木鉢や瀬戸物や缶が並んでいた。人目をさえぎってくれないけれども、誰もいやな気持ちにしない、ちっちゃなすてきな垣根だった。庭では男の人と女の人が地面に座りこんで、何かを見ていた。見ていたのは、丸く囲った地面に植えられた、小さなレモンの木だった。まだほとんど葉っぱもない木だ。二人がその木を誇らしく思っているのがわかった。二人が唇を動かし、小声で話している。女の人は、まだ言葉を話さない、空を見ているだけの赤ん坊を膝に乗せていた。ひそひそとレモンの木のことを話しているのだとペリコは思った。〝へんなの、日曜日みたい。もしかして、ばあやが間違えたのかな。お休みなのに、鞄に本を入れて、学校に行くときの上着をぼくに着せたのかも。バス代をくれたけど、日曜日なんだ。じゃないと、こんなことしているはずがないよ〟。そこで、ペリコは植木鉢の垣根に近づいた。鉢には、ちょっとしおれたピンク色のカーネーションしか残っていなくて、長い茎が地面に垂れていた。

「すみません。もしかして今日ってお休みですか？」ペリコはたずねた。

女の人は、きらきらした黒い目を上げた。

「そうよ、休日よ。だからわたしたち、のんびりしているんじゃないの。あなたみたいにちゃんとした身なりをして本を背負っている子なら、そんなこととうにわかっているでしょうに」

ペリコは顔を赤らめた。

「だって……」

けれども、男の人が手をあげてさえぎった。

「いいよ、何も言わなくても。よかったらこっちにおいで。水をあげるから、ぼくたちの木を見てごらん」

ペリコは、垣根を跳び越えた。

「ありがとう。ぼく、喉がからからだったんだ」

「そうだろう。ぼくもきみくらいのときは、いつも水をほしがっていたよ。どこかにお呼ばれしたときもすぐに、『喉渇いた』って言ってたさ」

ペリコは、自分がこの家のお客だとわかって、うんと行儀よく地面に腰を下ろした。女の人が家の中に入り、コップを持って戻ってきた。コップの緑のガラスが、日ざしを受けてきらきら輝いた。

「ほら、十月の太陽は格別だろう」男が言った。

ペリコは、よその家ではどんなふうに振る舞わないといけないか、ばあやからよく言い聞かせられていたので、コップの水をごくごくと一気に飲みほした。とても冷たい水だった。コップを返すとき、ペリコの手が女の人の手に触れた。濡れて、赤くなった手。〃ぼく、この手が好きだ。誰かの手に似てる。誰のかわからないけど、好きだ〃と、ペリコは心の中で思った。そこで、手のひらにキスしようとしたら、女の人がぱっと手をひっこめた。怒ったふりをしてからかわれたのだろうかとペリコは思った。ばあやがわざと怖い声で、「ぼっちゃまときたら何を考えているんでしょう。さあ、いいから、遊びなさい。ぼっちゃまくらいの年の子がしなきゃならないのは、遊ぶことだけですよ」と言うときのように。

男の人が声を立てて笑った。ペリコはきまりが悪くなっていたが、その笑いで憂いの雲が吹きとんだ。すると、男の人が言った。

「この子を恥ずかしがらせるなよ。町の金持ちの子はぼくたちとは違うんだ。さあ、遊んでおいで」

「どこで？」

「あそこを右に曲がってごらん。原っぱに移動遊園地をこしらえているぞ」

ペリコはカーネーションをもう一度跳び越えて、振り返ってさよならと手を振った。けれども、二人はもうこちらを見ていなかった。レモンの木をじっと見つめ、唇をほとんど動かさずに小声で話し続けていた。いつかレモンを籠に摘んだら何をしようか、鼻に近づけて、目をつぶって葉っぱを噛んでみようかと、こっそり相談しているかのように。

ペリコは駆けだした。とてもうれしかった。さっき飲んだ水で体じゅうにうきうきした休日の気分がみなぎったかのようだった。

原っぱに着くと、てっぺんに小旗がはためいている長い棒を地面に突き立てている男の人たちが見えた。まるで大きな船が通りすぎて、忘れ物をしていったかのようだった。ペリコは、そのマストのような棒によじ登っている男の人に近づいてたずねた。

「船が通っていったんですか?」

男たちは空中で縄を投げ合っていた。だが、風が男たちの髪をなびかせ、ペリコの声をさらってしまい、ペリコの言葉は届かなかった。男たちはただにこにこと、ペリコを見つめるばかりだった。ペリコがもう一度、同じことをたずねると、すぐそばでバラックを建てていた男がようやくこたえた。

「船だって? ぼうず、ここに海はないぞ。海に行きたきゃ、あの丘に登るんだな。そしたらむこうに見えるだろう。でも、ここにいたほうがいいぜ。すてきな移動遊園地を作っているところだから。楽しいぞ。金はいくら持ってるんだ?」

「バス代がまるまるあるよ」ペリコは、ポケットに手を突っこんだ。

「バス代だと? それっぽっちか。それなら海に歩いていくんだな。船に乗せてもらえるかもしれないぞ」

そのとき街角から不意に、悪たれ小僧たちが現れた。ばあやが目の敵にしている子たちだ。みんな裸足(はだし)で騒いでいる。ペリコは押されて地面に倒れ、泥だらけになった。一人の子がペリコの腕を押さえつけて、別の子が靴を脱がし、

「弟にやろうっと！」と叫んで、走り去った。

地面から起き上がったペリコは裸足で、悪たれどもと同じくらいうす汚れ、髪がぼさぼさになっていた。タバコを吸っていた背の高い子が、ペリコも自分たちの仲間だと思いこんで、

「あいつ、どこに行きやがった？」とたずねた。

ペリコは肩をすくめた。別の子がペリコがしょっている、本の入った鞄を触った。

「これ、どこで盗んだんだ？」

ペリコがまた肩をすくめると、みなそれ以上、たずねなかった。悪たれどもはまた走り出し、ペリコはあとを追った。移動遊園地の小屋はほとんどできあがって、音楽が鳴りだした。洞穴（ほらあな）の中で叫んだときのように、音にはひどくエコーがかかっていた。聞きおぼえのあるメロディーだ。ペリコは言葉は理解できなかったが、聞いていると甘くせつない気持ちになった。

地面から土埃（つちぼこり）があがった。瀬戸物横丁の土なので、土埃も赤く謎めいて、悪たれどもの脚がほとんど見えなくなった。いきなり、彼らは的あての露店の前で止まり、やらせて、やらせてと口々にわめいた。けれども、的あての男は手をポケットにつっこんでそっぽを向き、どこ吹く風と首を横にふっている。悪たれどもは彼を憎みながら笑いかけ、手をのばした。とうとう男が言った。

「金は？」

悪たれどもはこぶしを振り上げて男に憎まれ口をきいた。彼らの舌はものすごい速さで回り、ペリコには何を言っているかさっぱりわからなかった。そのときペリコはバス代のことを思い出し、露店に近づいた。一番小さかったので、背伸びをしなければならなかった。硬貨を握った手をつきだすと、男の眼鏡がきらりと光った。

「どれどれ」お金を数え、男は笑うのをやめた。そして、弓と矢を一本、ペリコに渡した。

「よし、運を試してみろ。一回だけだぞ」

悪たれどもがペリコをとりかこんだ。肘でつつき、耳元で口々にアドバイスを囁きかけてきた。ペリコは体が震え、胸が高鳴った。賞品は、瓶や首飾り、人形、ぬいぐるみのクマなど、いろいろなものがあった。どれもほしいと思わなかったが、そのとき、〈島〉という金色の文字が目に入った。

「島？」ペリコはたずねた。

「そうだ。特賞は島だ」

「どうしたらもらえるの？」

「あの一番難しい的を射抜いたらだ。いつも動いていて、ちっともじっとしていないやつをな」

「当たったら？」

「島をもらえる」

「ようし。ぼく、ずっと島がほしかったんだ！」ペリコは歓声を上げた。

男は歯を見せていたが、その目はけわしかった。

「だが、いいか、あの的は……」

「いつも動いてる！」悪たれどもが、耳元で言った。「的を動かすなんて、ずるいんだよ」

男は両手をあげた。

「そうとも、俺はずるをする。だが、この子は一度もずるをしたことがないから、きっと的を射抜くぞ」

悪たれどもは黙ってうなだれた。自分たちはいつもずるばかりしているから、決して島を手に入れられないと思ったからだ。ペリコは自信満々だった。

「やるよ。ぼく、島がほしいから」

狙いをさだめる手が震えている。男はくやしくてたまらなくなった。

「一度でもずるをしたら、当たらないからな」

矢がはなたれ、的に命中した。男が甲高い笑い声をあげた。

「何で笑ってんだよ」悪たれどもが言った。ペリコも目をぱちくりさせた。

「俺はずるをすると言っただろうが」男が言った。「さっき言わなかったけれど、島を手に入れるには、三回、的のど真ん中を射抜かなけりゃならない。だが、その子はもうお金がない」

子どもたちは騒ぎたて、石を拾おうと地面にしゃがみこんだ。ペリコは、教科書の入った学校鞄を思い出した。背中からおろすと、男にさしだした。

「ねえ、おじさん、これじゃだめ?」

男は笑うのをやめて、さもしげに鞄をひきよせた。男の手は細長くて硬く、爪は黄色かった。触ってみると、革は汚れもなく、新しくつややかだった。それから算数の教科書を開いて、公教要理の本と地理の本を放りだした。

「よし」そっけなく告げた。

ペリコはまた狙いを定めた。的はぐるぐる回って、震えている。弓をひきしぼった彼の手も震えていた。けれどもしまいに、矢は的の中心に刺さった。

男の目は凍りついた。

「ほう、また当てたな。だが、三回目の金はどうする?」

「店をひっくり返すぞ。ぐちゃぐちゃにして、火をつけてやる」悪たれどもは息巻き、騒ぎたてた。

ペリコは上着を脱いだ。男は丹念になで、裏返し、襟（えり）のところについた小さな毛玉を爪でこそげた。

「よし」歯噛みするように言った。

悪たれどもは驚いてペリコを見つめた。靴をはかず、寒さに震えながら、ペリコは弓をひきしぼった。矢は命中し、ぷるぷる震えた。

いきなり、悪たれどもが四方八方に逃げだした。ペリコはびっくりして、きょろきょろとまわりを見た。空では、ツバメの群れが逃げていく。ペリコの目の前に海があった。静かで、厳（おごそ）かな海が。的あての男は消え、移動遊園地もなくなっていた。ただ、あのマストのような柱が今は、瀬戸物横丁の赤土ではなく、砂浜に立っていた。柱のてっぺんには、小さな旗がカモメのようにはためいている。寒さは消え、かわりにやさしいぬくもりが彼を包み、そよ風がシャツを帆のようにふくらませている。

海から島が現れつつあった。黄金の島には木々が茂り、鳥が舞っていた。

二

女中たちや門番のおかみさんや野菜を配達する男に、こう話して聞かせたのはばあやだった。

「ぼっちゃまはとってもいい子でした。ずる休みは一度もしませんでした」

そこまで言って、ばあやは黙りこんだ。今になって、ささいな欠点をあげつらったところでどうなるというのか。それに、もう告解したのだ。

門番のおかみさんは泣き、女中たちも腕に買い物籠をさげたまま泣き、野菜を配達しにくる男は神妙な顔で地面を見ていた。

今、母親は、ペリコが学校から帰ってきたとき、自分が家にいたためしがなかったのを思い出している。父親は自分がいつも旅に出ていたのに気づいた。けれども、今さら思い出してももう遅い。二人とも部屋に閉じこもり、時計のチクタクという音を聞いている。

泣かなかったのは、ばあやだけだった。ばあやだけはいつでもペリコと一緒だったのだが。

朝日がベッドのところにさしこむようにカーテンを引くのも、バスタブに、鏡がくもるほど熱い湯をはるのもばあやなら、ホットチョコレートを作り、パンにバターを塗り、バス代を持たせるのもばあやだった。ばあやは、ペリコの靴をみがき、ボタンを縫いつけ、算数や不規則動詞の勉強はほうりだして、地理のおさらい――楽しかった――を手伝った。いつでも家にいたのはばあやだった。だから、こう言った。

「ぼっちゃまはとってもいい子でした。ずる休みは決してしませんでした。お父様とお母様はぼっちゃまの写真をポケットにいれていて、『うちの息子ですよ』と人に見せて自慢したものです。今は、泣いていらっしゃいます」

ばあやは、その家ではもう用がなくなった。そこで、荷造りをし、服とエプロンと靴と、それにペリコのベッドの下にあった地理の本を鞄につめた。

町には、彼女を必要としている子どもはおおぜいいたに違いない。彼女は、『とてもいいばあやです。子どもたちにはばあやが必要です』という手紙を持っていた。というのも、ペリコの両親はばあやが所在なげにエプロンに手を置いて将軍通りを眺めているのを見て、良心の苛責を覚えていたからだ。息でくもった窓に絵を描く子どもをいっぱいに乗せたバスが通りを走っていった。

ばあやはたくさんの家で働いた。どの子もペリコと同じようにお世話し、子どもといればとても幸せで、とても悲しかった。ばあやはペリコの地理の本をずっと手ばなさなかった。プリント地の布でカバーをかけ、子どもたちを寝かしつけたあと、スタンドの明かりをつけて眺めた。

とりわけ、赤いばってんをつけてある島のページを。

「このばってんは、ペリコがつけたのね」と、一人つぶやいた。もうどの子も区別つかなくなっていたのだが。そしてしまいに、ペリコが誰かもわからなくなった。

ある日、ばあやは自分の髪がすっかり白くなり、手が震えているのに気づいた。カップが手から落ち、粉々に砕けた。すると、母親が言った。

「ばあや、もうゆっくり休んでくださいな」

お化けなんて作り話だ、悪魔はあわれな悪者だと言っていた勇敢なばあや、影がいたずらを始めるとオイルランプに火をいれていたばあや、怖い話など笑いとばしていたばあやが、その言葉を聞くとぶるぶると震えだした。母親は言いつのった。

「ばあや、どうか、分別をわきまえてくださいな」

ばあやは、べつの家に連れていかれた。そこには彼女のような老いた女たちがいて、窓から外を見て、鐘が鳴ると庭に出て、こう言い合っていた。

「まだわたしたちは働いていますよ。何かのためになっています、そうでしょう?」

ばあやは地理の本をずっと持っていた。そして、子どもたちの写真がそこにないかと、ときどきページをめくった。確かに、その本はアルバムのようだった。けれども、出てくるのは子どもたちではなく、彼女が知りもしない弁護士や船乗りや詐欺師や歯医者や淑女たちだった。

ばあやが病気で伏せっていたある日、窓辺に一羽の雀がやってきて呼びかけた。

「ペリコのことを覚えてる?」

記憶はあやふやだったが、ばあやは、「ああ」とこたえた。

「ペリコは島を持ってるんだ。帆がないのに動く島でね、その島が、明日ここを通るよ」雀が言った。

「挨拶(あいさつ)できたらうれしかろうねえ」ばあやは丁重にこたえた。

すると、すべてがぱっと明るくなった。ペリコに会えるという思いが、いきなり目の前に星のように現れたのだ。

翌日、ペリコが窓から顔をのぞかせ、彼女を呼んだ。ばあやは枕の上で頭をほとんど動かさずとも、それが誰かわかった。

「上着も着ていないじゃないの! 風邪をひきますよ。しょうがない子ね!」

「ばあや、ぼくの島においでよ」

「どの島のこと?」突然、何もかもが光り輝き、穏やかさに満たされた。「島ならたくさん見てきましたからね、どの島かしら。だって、どの子も島の話をするんですよ。それから、大きくなるんです」

「そうだね。だけど、思い出してよ、ぼくは大人にならなかったじゃない。ぼくが島に印をつけた地理の本を、ばあやはぼくのベッドの下から拾って持っているでしょ? 行こう、ばあや。早くおいでったら。ぼくの島はせっかちなんだ。ぼく、世界じゅうの浜辺を回って、たくさんの人を誘おうとしたんだよ。レモンの木を植えていた男の人と女の人も見かけて、誘ったんだ。けど、あの人たちはぼくがだれかわからなくて、レモンの木も、赤ん坊だった息子も大きくなっちゃった。今では二人とも年をとって、レモンの葉をかみながら『この香りを覚えてるかい?』って言ってたよ。もう瀬戸物横丁のあの家にレモンの木はなくて、息子は六つタイヤのあるトラックに乗って、タバコをぷかぷか吸っていた。『今度はぼくのところにおいでよ。水もあるよ。ぼくの島の真ん中から湧きだす泉の水を飲んだらいい』って、ぼくが言ってもわかってくれなくて、『嵐がくるぞ』って言ったきりだった。それから、悪たれどもにも声をかけた。だけど、やっぱりぼくの言うことがわからなかった。一人は牢屋(ろうや)で杭(くい)につながれてた。ぼくの靴をとった子は、青い自動車を乗りまわしてた。ぼくが呼んでも、笑って肩をすくめていたよ。牢屋にいる子だけは泣きだして、こぶしをふりあげてきた。的あてのおじさんも見かけたよ。犬にえさをやってたけど、ぼくの声は聞こえなくて、ただ『食わしてやるから、しっかり店の番をしろ』って犬に話しかけてた。年をとってボロ雑巾みたいになってたよ」

「考えの足りない子だね」ばあやは眉をひそめたが、声はとてもやさしかった。「いっとう最初に声をかけなきゃならないのはお父様とお母様でしょうに」

「そうしたよ。呼びにいったけど、旅に出ていていなかったんだ」ペリコがこたえた。

ばあやは窓のほうに顔を向けた。もうそこにペリコはいなかった。ただ、くもった窓ガラスに、ペリコの頭のシルエットがきらきらと浮かびあがっているだけだった。まるでガラスが割れたかに見え、ばあやは〝おやおや、シスター・コンソラシオンに見つかったらたいへん……〟と思った。

ペリコの声がした。

「ばあや、ぐずぐずしないで、そこから逃げるんだ。下に海とぼくの島があるから」

「海なんてあるわけないでしょう。下は庭よ。塀があって、風が吹いてる」

「何言ってるんだよ、ばあや、ばかだなあ。ぼくはペリコだよ。ぼくが嘘をついたことがある？　島はいつまでも待っていられないよ！」

そのとき、ばあやはペリコのことをはっきりと思い出した。ほかの子ともう間違えたりしなかった。ベッドからゆっくりと起き上がったが、痛みはなかった。ガラスの穴からのぞくと、海が見えた。

「ぼっちゃんは一度もずるをしませんでしたよ。そうですとも」

そして、離れていこうとしている島に降りていった。

村祭り

La fiesta

その子は、村長の家の元女中と、悪質な炭焼きとの間の娘だった。炭焼きは、禁じられた森に入り、勝手に木を切って炭をこしらえていたが、同業者と刃傷沙汰を起こしたあと雲隠れしたので、母親は娘をかかえて村長の家にもどった。

「お願いです。また雇ってください。食べさせていただくだけでかまいません」母親は、そう頼みこんだ。

村長はちょっと思案したが、善良な人間として通っていたので、その条件でひきうけることにした。まだ十か月にもならない、丈夫そうでよく笑う赤ん坊に、村長夫人は目を輝かせた。夫妻にはまだ子どもがなく、その子がいると家が明るくなった。

その子は、エロイーサという名だった。生まれた日の聖人にもらった、美しい名だった。夫人は、赤ん坊を見ようと脱穀場におりてきた。麦束をくくる作業のとき、母親は食事とワインの入った籠のところに傘を開き、娘を寝かせていた。

「エロイーサ、エロイーサ」村長の妻は、美しい名前を心地よさそうに呼び、赤ん坊のむきだしの脚や、よだれのたれた口元を見て、頭をなでた。

エロイーサが短い脚で元気よく駆けまわるようになった頃、村長夫人は身ごもっていることがわかった。冬になり、クリスマスが終わってまもなく、赤い顔をした大きな男の子が生まれた。父親のようなりっぱな若者になることを約束された子どもだった。洗礼が盛大に祝われた。男爵夫妻――〈リンボク荘〉から、二人乗りの赤い馬車でわざわざやってきた――が名付け親となり、学校の子どもたちにホットチョコレートとカステラがふるまわれた。男の子はエレウテリオ・ラミロ・グラシアンと名付けられ、村長と夫人は我が子のこと以外、目に入らなくなった。

エロイーサは日に日に、かまわれなくなった。エレウテリオが生まれて二か月後には、もう村長夫妻の住まいにあがらせてもらえなくなり、台所か農機具置き場にいなければならなくなった。母親は天気がよければ、夫人の目を盗んで、はしゃぐ声やどたどたという足音が届かないよう気づかいながら、エロイーサを菜園で遊ばせた。母親は、腕を両脇にたらして、物うげなまなざしでドアのところから娘をじっと見つめ、上階をたえず気づかっていた。

「静かに、エロイーサ。旦那さまに聞こえるよ」

小作人頭のマリアーノは、母親がそんなふうに言うのを嫌がり、

「主人だと言っても、そこまで気をつかうことあるまいに」と、声をかけた。

だが、母親はあいまいにほほえんで、首を横に振った。

エロイーサはぐんぐんと背がのびた。十歳になると、十四歳に見えるほど大きくなった。体格がよく、脚も太い。頑丈な首にどっかりと頭がのり、瞳はヘリオトロープの花の深い青だった。分厚い唇は常にほほえむように開いている。

「かわいそうな子だよ」と、料理番や畑で働く者たちは言っていた。通りがかりに勝手口に立ち寄って、ワインを一杯ひっかけていく金物屋も言った。

エロイーサは口が重く、のろのろと話し、善良な目で相手をじっと見つめ、読むことも書くこともできなかった。

「医者に連れていけよ。ミラニーリョにいい医者がいるらしいぞ」と、小作人頭のマリアーノは、母親に言ったものだった。

母親は黙って、下を向いていた。それから肩をすくめた。

「なおせやしないよ。病気じゃなくて、知恵が足りないだけだから」

エロイーサの母親はたちの悪い熱病にかかった。二か月間、体調がすぐれないまま、寝たり起きたりしながら、三つ編みを無造作に頭に巻きつけ、熱に瞳をうるませて働いたあげく、春のはじめに死んでしまった。埋葬のあとで、小作人頭のマリアーノが村長に言った。

「だんなさま、あの子をどうするか、考えてやってください」

「あの子とは？」

「エロイーサです。亡くなった女中の娘です」

「ああ」村長は言った。「それなら家内にきいてくれ。家内が考えるから」

村長夫人は考えて言った。

「そんなこと、知るものですか。息子のことだけで手いっぱいよ。自分の子のことだけでも、考えることがどっさりあるのに、よその子のことなんてかまっていられないわ」

実際、ろくにかまおうとしなかった。エロイーサは、針仕事も煮炊きもできなかった。だが、粗野で不器用でのろまなものの、丈夫で力仕事にかけては誰にも負けなかった。十二歳にして、背は大人の女性と変わらず、男のように重い荷物を運んだ。

「羊飼いだな」村長が言った。「羊飼いにして、羊の世話をさせよう」

山に送られ、エロイーサは幸せだった。何時間も寝そべって、空を見上げてすごした。じきに仕事も覚えた。ほとんど誰とも、一言も話さない暮らしだった。そもそも、村長の家にいたときも、たいしてしゃべらなかったのだが。彼女は三か月に一度、村におり、毎週、使いの若者が食べ物を届けた。

時が過ぎた。エロイーサは十五歳になった。五月になり、村祭りが近づいていた。山からおりてきたエロイーサが台所でコシード〔肉や豆を煮こんだシチュー〕を食べているところに、村長が入ってきた。村長は彼女をじっと見て、ほほえみかけた。うれしそうな顔だった。

「エロイーサですよ」日雇いのマヌエラが言った。

「エロイーサか！　だっこしていたあの赤ん坊が、こんなに大きくなったのか。もうりっぱなお嬢さんだ」

村長はそう言って、エロイーサの髪をなでた。彼女はにっこりして、赤くなった。

「大きくなって、もう恋人がいてもいい年頃だな。マヌエラ、今日は何日だ？　十五日か。四日したら村祭りだ。エロイーサ、おまえも祭りに行っていい年頃だ」

エロイーサは目を輝かせて顔をあげ、口をあけて村長を見つめた。

「よし、エロイーサ、今年は村祭りにおりておいで。前の晩、夜のうちに来て、おまえの聖人の日も祝うといい。祭りは好きか？」

エロイーサは、アマポーラのように真っ赤になった。かすかにうなずくと、マヌエラがけらけら笑って口をはさんだ。

「この子は祭りなんて知りゃしませんよ。見たことがないんですから。見たとしても、小さかったから、覚えているはずがありません」

すると、エロイーサが口を開いた。ゆったりとした耳慣れないすんだ声だった。

「ううん、覚えてるよ。覚えてる。アクセサリー売りや、メロンの屋台が出てた。お菓子やにぎやかな音楽もあったよ」

村長がうなずいた。

「そうとも。ダンスもあるぞ、エロイーサ。すてきな恋人が見つかるかもしれないぞ。そしたら、じきに結婚式だ。おまえには、りっぱな式をしてやろう。おまえの母親はとてもよくやってくれたからな」

エロイーサの目は涙でいっぱいになった。村長が台所から出ていくと、マヌエラは腰に手をあててふりかえった。

「おやおや。なんだい、なんだい」

そして、うれしそうに、バンバンとエロイーサの背中を叩(たた)いた。

その時から、夢が始まった。エロイーサは、清潔な着替えを用意し、皮袋にパンと干し肉とニンニクを入れた。炭のように真っ黒な、ごわごわした髪をゆっくりとかして三つ編みにした。

白いウールの長靴下に、新しい革のサンダルをはいた。心の中にずっと、甘くも敵意に満ちた、意地悪な風のような夢想をいだきながら。胸の中に何かが入りこみ、心の平穏が奪われた。祭りまでの三日間、エロイーサは仰向けに寝転んで、空を見上げ、にこにこしながら、手ににぎった小石を一つずつ遠くに放ってすごした。〝お祭り、お祭り、結婚式、お祭り……〟と、考えながら。突然、大きなまぶしい太陽が現れたようだった。太陽は心をさいなみ、おちつきを失わせたが、同時に見たことのない不思議な世界を、目の前に広げてみせた。〝村の女の子みたいに。村のみんなみたいに。あたしの結婚式を盛大に祝ってくれるんだ。ああ、お祭り、楽しみだな〟。ほかのことは何も考えられなかった。エロイーサがそんなふうに物を考えたのは生まれて初めてだった。

　十九日の夜、エロイーサは山をおりた。村長の家に着いたときには、もう空に星が輝いていた。頰（ほお）を上気させ、目を輝かせて台所に入ると、マリアーノや女中たちが、愛情のこもった冗談と笑顔で迎えた。

「今年の祭りの花形のお出ましだぞ！」マリアーノがスープをぐるぐるスプーンでかきまわしながら言った。そして、成功を祈って、香りのよい赤ワインをぐいっと飲みほした。

「踊りでみんなをあっと言わせておやり」料理番のマルガリータが言った。「明日はどっさりお客さんが来るよ。村長の親戚やら取り巻きやらが押しかけてくる。だから、あんたも朝は台所を手伝っておくれ。午後は好きにしたらいいけど、朝はこっちを頼むよ」

エロイーサはうなずいた。

「あたしが行きたいのは、ダンスだから」

そう言うと、みんながどっと笑った。

翌朝は暖かく晴れわたっていた。六時ごろに鐘の音で、エロイーサはとび起きた。そのままのかっこうで台所に行くと、もう女たちが忙しく立ち働いていた。

「服を着ておいで、恥ずかしい。もう男たちがやってくるよ」

胸をはずませながら、エロイーサは洗面所に行き、石けんとへちまで体を流し、持ってきた清潔な服を着た。頬を赤らめてぎこちなく女中部屋の鏡をのぞきこんだ。青い瞳が自分を見つめている。料理番のマルガリータが言ったように、午前中は大忙しだった。次から次と、エロイーサは仕事を手伝った。水を汲みにいき、ジャガイモの皮をむき、薪をかつぎあげ、窯の前でパンやケーキやエンパナーダ〔ツナなどを包んだパイのような軽食〕の番をし、洗い物をし、道具を片付け、物を運び……。それから、裏庭に二十七人の来客が座れるように、大きなテーブルをしつらえるのを手伝った。マヌエラの娘で十四歳になるフィロメナも手伝いに来ていたが、それでも、小作人や女中たちがようやく昼食のテーブルについたとき——午後四時ごろだったか——には、エロイーサはやや青い顔をしていた。そこで、マリアーノが声をかけた。

「おい、ダンスの時間まで一眠りしてきたらどうだ」

「何言ってんだい」マルガリータが言い返した。「この子は仕事にゃ慣れっこさ。毎日山をとび歩いてるんだから。女なんだから、一年にいっぺんくらい、家の仕事を覚えて損はないよ」

「食べ終わったら、昼寝しておいで。ぐっすり寝たら、ダンスのときにはピンピンしているさ」マヌエラがほおばりながら言った。

エロイーサはにっこりした。朝からずっと、祭りのシチューのおいしそうな匂いが鼻をくすぐっていたが、食欲がなかった。心の中の、どこかわからないところで、朗らかだが胸苦しい不安がのたくっていた。〝ダンスだ。お祭りだ。お祭りだ……〟。仕事がいっぱいで午前中教会に行けなかったが、鐘の音は聞こえた。エロイーサは、その音がどこかで、まだ鳴っているような気がした。

台所の昼食は騒々しく、バラの花にあふれていた。ワインがまわり、エロイーサも飲んでみて、おいしいと思った。飲むと、村長が祭りの話をするのを聞いたときに湧き上がってきた、あの感覚がよみがえってきたからだ。〝もうすぐ。あともうちょっと〟。

食べ終えると、女たちは、流しに高々と積み上げられた食器を片付けにかかった。男たちはとろんとした目をして、タバコとアニスを手に、庭でごろ寝をした。村長夫妻は、昼寝をしようと、少し前に上にあがっていった。

エロイーサは眠たかった。ひどくくたびれて眠そうなので、マルガリータが声をかけた。

「ちょっと横になっておいで。こっちはいいから。もうたんと働いたさ。ダンスはまだ始まらないよ」

「ううん、寝ない」エロイーサはこたえた。

けれども、マルガリータはエロイーサをドアのほうにそっと押しやった。

「あたしのベッドで横になりな。六時にならないと始まらないから」

ほとんど知らない間に、言われたところに行っていた。女中部屋は山の小屋とは勝手が違い、締め切った部屋の匂いがした。エロイーサは服を着たまま鉄製のベッドに横になり、眠りに落ちた。

深く、重苦しい眠りだった。森の動物か子どもの眠り。場違いな、大きな子ども、何年も妙に引き伸ばされた子どもの眠り。

六時に、知らせてやろうと女たちがおりていった。エロイーサはすうすうと寝息をたて、胸をおだやかに上下させながら眠っていた。

「寝かしとこ。このまんま、寝かしとけばいいよ」マルガリータが言った。

マヌエラの娘のフィロメナは吹き出した。

「いつまで寝てるかな」

「さあね」

みな出かけていった。髪をぬらして整え、ぴかぴかに磨きあげた靴をふぞろいな石畳に響かせて。角をまがると広場から音楽が聞こえてきた。ワインと朝からのてんてこまいでほてった目と額に、それは爽やかな風のようだった。

日が落ちた。十時頃、夕食の支度をするために、みな、くたくたになって家に戻った。

ふいに、マヌエラがエロイーサのことを思い出した。

「あーっ、あの子！」

女たちははっとして、顔を見合わせた。フィロメナは笑いをこらえて口をおさえると、爪先立ちで女中部屋におりていき、すぐに戻ってきた。

「まだ寝てるよ。まだぐっすり！」

一瞬、みな黙りこんだ。やがて、マルガリータが諦めたように肩をすくめた。

「そのままにしとこ。だって……。眠らせとこ」

夕食のあと、また女たちは踊りに行き、ダンスは夜中の一時まで続いた。

五時頃、エロイーサは目を覚ました。窓から明るい日が差し込んでいる。ベッドの上で体を起こすと、びっくりした目できょろきょろ、あたりを見回した。ヘリオトロープの青色の瞳に、赤く、はれぼったいまぶたがかぶさっていた。

「マルガリータ……」と、呼びかけた。

料理番のマルガリータはとなりで、軽くいびきをかいて眠っていた。

マルガリータはうーんと唸った。エロイーサは揺すった。

「マルガリータ……、ダンスはまだ?」なぜかしら、声が震えた。マルガリータは片目をあけ、がらがら声で言った。

「ダンスだって? 祭りはとっくに終わったよ! あんたはあのあと、午後も夜もずっと眠りっぱなしだったんだよ。祭りは終わりさ!」

エロイーサは壁を見つめたまま、動かなくなった。マルガリータは半分体を起こして、目のすみで彼女を見た。

「がっかりすることはないさ。一年したら、祭りはまた来る。いいから眠りな。まだあと一時間あるよ」

けれども、エロイーサはのろのろと起き上がった。サンダルをはき、ショールを頭からかぶって、山に向かって出ていった。

その二日後、馬の胸繋(むながい)を持って山にのぼった少年が、空を見上げたまま、死んでいるエロイーサを見つけた。医者は、心臓が弱っていたのだと言った。だがマヌエラは人にきかれるたびにこうこたえた。

「かわいそうに、あの子は、悲しくって死んだんだよ」

枯れ枝

La rama seca

六歳になるかならずかだったので、その子はまだ畑につれていくことができなかった。刈り入れどきの畑は、焼けるように暑い。隣の家族はその子を鍵をかけた部屋に残し、こう言いきかせた。

「いい子にしてな。騒ぐんじゃないよ。何かあったら、窓から顔をだして、クレメンティーナさんをお呼び」

少女はうなずいた。だが、これといって何も起こらなかったので、少女は窓辺に座って、日がな一日、〈ピパ〉と遊んでいた。

クレメンティーナ夫人は、庭からそれとなくそのようすを見ていた。二軒の家は隣りあっていた。夫人の家のほうがずっと大きく、梨の木が一本とプラムの木が二本ある庭もあった。塀をへだててむこうにある家の開いた窓辺に、少女はいつも座っていた。ときおり夫人は縫い物から目をあげて、その子を見た。

「何をしているの?」

真っ黒い細いおさげにはさまれた少女の顔は、青くやせこけていた。

「ピパと遊んでるの」

夫人は縫い物を続け、少女のことはしばらく忘れていた。が、そのうちに、梨の木の葉むらごしに聞こえてくる奇妙なおしゃべりに、ひきこまれていった。メディアビリャ家の幼い娘は窓辺でずっと誰かと話していた。

「誰と話しているの？」

「ピパと」

クレメンティーナ夫人の心の中で、その女の子とピパへのかすかな温かい好奇心が、日ごとにふくらんでいった。夫人の夫は村の医者のドン・レオンシオだった。ドン・レオンシオは無愛想で、ワインを飲んでは村や村人たちの悪口を並べたてた。子どもはおらず、夫人は、もう孤独になれっこになっていた。初めは、窓辺に座った、やはり孤独なその少女のことをそれほど気にとめていなかった。憐れんで、ときおり見上げては、困ったことがないか、ようすを確かめるだけだった。

「クレメンティーナの奥さん、奥さんはいつも午後、庭で縫い物をしてますでしょう。あの子のようすに変わりがないか、ときどき見上げてもらえませんか？　まだ小さくて畑につれていけないもんで」と、メディアビリャのおかみさんから頼まれたのだ。

そのうちだんだんと、メディアビリャの末娘のことと、上から聞こえてくる、とりとめのないおしゃべりが、彼女の胸の奥に入りこんでいった。

〝畑仕事が終わって、あの子がまた外で遊ぶようになったら、寂しくなりそうね〟と、心の中で思った。

ある日とうとう、ピパの正体がわかった。

「お人形よ」と、少女は言った。

「見せてくれる?」

少女は土気色(つちけいろ)の手をもちあげてみせたが、夫人にはよく見えなかった。

「見えないわ。投げてみせて」

少女はためらった。

「すぐに返してくれる?」

「もちろんですとも」

女の子はピパを窓から投げてよこした。夫人はそれをうけとると考えこんでしまった。ピパは、ただの小枝にはぎれをまきつけて、ひもでくくったものだった。指のあいだでくるりとまわしてから、夫人はどこか悲しげに窓を見上げた。少女は不安そうにそのようすを見ていて、両手をのばした。

「おばちゃん、投げて」

夫人は椅子(いす)から立ちあがり、窓に向かってピパを投げかえした。ピパは少女の頭をこえて、部屋の暗がりに消えていった。少女の頭が見えなくなり、少しするとまた遊びにむちゅうになっている姿が窓から見えた。

その日から、クレメンティーナ夫人は、少女のおしゃべりを注意深く聞き始めた。少女はあきずにピパに話しかけた。

「ピパ、こわがらなくていいのよ、だいじょうぶ。ピパ、なんて顔をしているの。ママが大きな丸太ん棒でオオカミの頭を叩(たた)きわってあげるから、こわがらないで、ピパ。そこに座ってて。いい子にしてたら、お話ししてあげる。オオカミは山に帰っていったよ……」

少女はピパに、オオカミのことや、死んだネコをつめた袋をかかえた物乞いのこと、パン焼きがまのこと、食べ物のことなどを話してきかせた。昼になると、熾火(おきび)にかけた三脚の上に母親がふたをしておいていった皿を窓辺にもってきて、骨製のスプーンでゆっくりと食べた。ピパをひざにのせて、一緒にご飯を食べさせた。

「お口をあけて、ピパ、おばかさんね」

夫人は黙って聞いていた。声を聞き、その一言一言を飲みこんだ。草や木立を渡る風の音や、鳴き騒ぐ鳥のさえずり、用水路のせせらぎを聞くように。

ある日、少女が窓辺に顔を出さなくなった。クレメンティーナ夫人はメディアビリャ家のおかみさんにたずねた。

「おちびさんはどうしたの?」

「病気なんですよ。レオンシオ先生にマルタ熱だって言われました」

「知らなかったわ」

知るわけがなかった。医者の夫は村での出来事を何ひとつ家で話さなかった。

「そうなんです」おかみさんは続けた。「沸かさないミルクをやったんだろうって言われたけど……でも、奥さん、そこまで手が回りませんよ! しかも、よくなるまで、パスクアリンの手までとられて」

十二歳のパスクアリンが、日中、妹の面倒をみることになった。ところがパスクアリンはすぐにどこかにふらふら遊びにいったり、司祭や村長の家の庭の果物を盗みにいったりしてしまう。少女が兄を呼ぶ声が聞こえた。クレメンティーナ夫人は、夫に叱(しか)られると知りつつ、ある日、ようすを見にいこうと決心した。

家は狭く、悪臭がして暗かった。家畜小屋の脇に階段があって、そこここの段にメンドリがいた。ギシギシいうすりへった階段に用心しいしい足をおいて、夫人はのぼっていった。聞きつけたらしく、少女が呼んだ。

「パスクアリン！　パスクアリン！」

入ってみると、とても小さな部屋だった。長細い窓から明かりが入っている。外で、木の枝が揺れているのだろう、きらきらしたさわやかな緑の光がさしこむ暗がりは、夢の中のようだった。緑の日差しは、ちょうど少女が寝ている鉄製のベッドの枕元にあたっていた。夫人を見ると、少女は細めていた目を大きく見開いた。

「こんにちは。具合はいかが？」夫人は言った。

少女はしくしくと声をたてずに泣きはじめた。夫人はかがんで、黒い三つ編みの間の黄色い小さな顔をのぞきこんだ。

「だって、パスクアリンはいじわるで、悪い子なの。おばちゃん、ピパを返してって言ってやって。ピパがいないとつまんない」

そう言って、少女は泣き続けた。子どもと話し慣れていない夫人は、喉（のど）と胸がしめつけられるような、奇妙な気分がした。

夫人は黙って部屋を出て、パスクアリンを探した。少年は家の塀に背中をもたせて、道ばたに座りこんでいた。日に焼けたむきだしの脛が、日差しをうけて銅の棒のようにてかてかしている。

「パスクアリン」クレメンティーナ夫人は話しかけた。

少年はうるさそうに目をあげた。灰色の目は寄りぎみで、ぼさぼさの髪は女の子のように伸び、耳の上からはみだしていた。

「パスクアリン、妹の人形をどこにやったの？　返してあげて」

パスクアリンは立ち上がって、言い返した。

「人形？　そんなもん、知らねえよ」

少年は背を向け、ぶつくさ言いながら家に入っていった。

翌日、クレメンティーナ夫人はまた少女をたずねた。夫人を見ると、まるで夫人が共犯者であるかのように、少女はピパのことを言いつのった。

「ピパをつれてきて。パスクアリンに言ってよ。ピパを返してって」

胸をふるわせて、顔じゅうをべしょべしょにして泣き、しまいに涙が毛布にまでしたたり落ちた。

「泣かないで。お人形をもってきてあげるわ」

夫人は、その夜、夫に告げた。

「フエンマヨールに行ってもよろしいですか。ちょっと買いたい物があって」

「行きなさい」医者の夫は、新聞に顔をうずめたままこたえた。

翌朝六時、クレメンティーナ夫人は路線バスに乗り、十一時にフエンマヨールで降りた。フエンマヨールには商店や市場、〈イデアル〉という名の大きな雑貨店があった。夫人は貯めてあったこづかいを絹のハンカチに包んでもっていった。そして雑貨店で、金髪が波打つ、目のぱっちりした人形を買った。とてもきれいに見えた。〝あの子が喜ぶに違いないわ〟と、心がはずんだ。思ったより値がはったけれども、おしくはなかった。

クレメンティーナ夫人は、日がくれるころに、村に帰り着いた。玄関前の段々をのぼるとき、自分がなんだか恥ずかしいことをしているようで、胸がドキドキしているのに気づいた。メディアビリャのおかみさんは家にいた。夕飯の支度をしていて、夫人を見ると、両手をあげた。

「まあ、奥さん。ごめんなさいよ、こんな見苦しいかっこうで。まさか来るとは思わないから……」

夫人はさえぎった。

「おちびさんに会いにきたんです。おもちゃをさしあげたくて……」

驚いて言葉を失って、おかみさんは夫人を通した。

「ほら、誰が来てくれたか、わかるかい?」

少女は枕から頭をあげた。壁にかかったオイルランプの炎が、黄色く揺れている。

「なんだと思う? もう一人のピパよ。ずっとかわいいわよ」

箱を開くと、金髪の知らない人形が現れた。

少女の黒い目は新しい光が宿り、醜い顔がはなやいだ。しかし、のぞきかけたほほえみは、人形を見るとひっこんだ。少女は再び枕に顔をうずめ、いつもの調子でしくしく泣き始めた。

「ピパじゃない。ピパじゃないよ」

おかみさんはわめき始めた。

「ばかだね、この子は。何を言うんだね。すみません、奥さん、どうぞ気にしないでくださいよ。この子はちっと頭が弱くて」

夫人は目をしばたたいた。(彼女が内気で孤独な女性だということは、村じゅう誰もが知っていて、ある種同情のようなものを抱いていた)。

「だいじょうぶです。どうぞお気になさらないで」

青ざめたほほえみを浮かべてそう言うと、夫人は外に出た。おかみさんは、一輪の花をめでるように、荒れた手で人形をだきあげた。

「ああ、こんなにりっぱなものをもらったのに！　この子ときたら！」

翌日、クレメンティーナ夫人は庭で小さな枯れ枝を拾うと、それをはぎれでくるんで、少女に会いにいった。

「ピパをつれてきたわよ」

女の子は、昨日と同じように、ぱっと頭をもちあげた。しかし、またしてもその黒い目に悲しみが広がった。

「ピパじゃない」

来る日も来る日も、クレメンティーナ夫人は新しいピパをこしらえたが、期待したこたえは返ってこなかった。夫人は悲しみに沈み、やがて夫の耳にもそのことが伝わった。

「おい、何をばかなことをやっとる。いいかげんにしろ。村じゅうの笑い者になっているのがわからんのか。二度と隣に行くな。どうせあの子はじきに死ぬんだ」

「そうなんですか？」

「仕方なかろう。メディアビリャ家の者にほかに何ができる。そのほうが彼らのためだ！」

ほんとうに、秋になるとすぐに、女の子は亡くなった。夫人は心の奥の、ピパと小さなお母さんへのかすかな温かい好奇心があふれだしたのと同じ場所に、鋭い痛みを覚えた。

春が来て、雪がとけてきたある朝、夫人がプラムの木の下を掘り起こしていると、はぎれを巻いた小さな枯れ枝が出てきた。雪で傷んだ枝にはひびが入り、赤い布はすっかり色がさめていた。夫人はピパを指ではさんで、大事に拾い上げると、弱々しい日差しのもとで眺めた。

「ほんとうね。あの子の言うとおりだわ。このお人形はなんてきれいで、なんて悲しい顔をしているのでしょう」と、一人つぶやいた。

迷い犬

El perro perdido

アルバラド家の三男坊のダミアンは、十四歳になってまもなく熱病にかかった。父親はしばらくほうっていたが、数日後とうとう長男とともにバスに乗せ、州都の医者にみてもらうことにした。翌日戻ってくると、長男は言った。

「何もできねえって。おとなしく寝て、ようすをみろってさ」

それからというもの、寒い日には窓辺に座り、天気の日には玄関の前に出ているダミアンの姿をいつも見かけるようになった。

ダミアンは父や兄たちが仕事に行くのを見送り、一人、家に残った。みなが家にいるのは、冬になって雪が積もったときだけだった。窓からは川と、そのむこうに広がる森が見えた。川や森を見ていると、ダミアンは時おり悲しくなった。村の女たちは通りすがりに彼を見て、こんなふうに言い合った。

「アルバラドさんのところの末っ子を見たかい？　かわいそうに、げっそりやせて。熱病もいけないけど、もっといけないのは一人ぼっちでいることだよ」

家族もそれは承知していた。だが、彼らに何ができただろう。一家は貧しく、死にたくなければ、畑に出るしかなかった。

秋も深まったある日のこと、森へつづく小道をこちらにやってくる一匹の迷い犬がダミアンの目にとまった。がりがりにやせ、とぼとぼと歩いている灰色の犬だ。けがをしているわけではなさそうだが、体じゅうが痛むのか、どの脚もひきずるようにしていた。ダミアンは窓から半分身をのりだして、その犬を眺めていたが、めずらしく好奇心にかられて、声をかけた。

「わん公!」

犬は耳をたて、それからおびえたように上のほうを見た。

ダミアンと迷い犬は友だちになった。

「その犬はどこから来たんだ?」父親がたずねた。

だが、誰もわからなかった。村はもちろん周囲でも、その醜いさびしげな犬は誰も見たことがなかった。かわいげのないその犬を、ダミアンの兄たちは毛嫌いした。

「おとう、追い出してくれよ。そいつは呪われてるよ」

村の有名なまじない師のアントニア・マリア婆さんは、犬を見てこう言った。

「こいつは、この世で罪をつぐなっている悪霊だ。追っぱらっちまいな」

そこで、みなが追いはらおうとした。だが、兄たちが棒や石を持って出ていくと、ダミアンが窓から身をのりだして、泣きさけんだ。

「殺さないで！　ぼくの犬を殺さないで！」

兄たちは、犬の首に縄をかけてひきずっていき、川に沈めて殺すつもりだった。だが、ダミアンがあんまり泣きわめくので、父親が出てきて言った。

「おい、放してやれ。家に入れなければいい」

兄たちは、父親をおそれていたので、不平を鳴らしながらも言われたとおりにした。

寒さが迫って外はもう暗く、あたりは種をまいた畑の色をしていた。兄たちが遠ざかっていくのを、ダミアンは窓から体をのりだして見送った。夕日が村はずれの家の窓を赤く染めている。ダミアンはぶるっと身震いして、下にいる犬を見た。頭をもたげ、濡れたような暗い目をして、首から縄をぶらさげている。

「ぼくの友だちなのに」

見ているダミアンの目から、涙がぼろぼろとこぼれた。風が吹き抜け、近くの森で散った金色の木の葉が運ばれていく。ダミアンはそれを指さして話しかけた。

「見て、わんこ、これは死のお告げだよ。木の葉が落ちるのは、死の知らせなんだ」

ダミアンは窓辺にかがみこみ、重ねた手にあごをのせて犬を見ていた。

夕空は刻一刻と青が濃くなり、冷たく遠い星明かりがちらほらともった。風はやまず、父親が言った。

「そろそろ窓を閉めよう」

父親はあと二回、同じ言葉をくりかえした。番犬のように下からこちらを見上げている犬から、ダミアンが目をはなせなかったからだ。窓を閉めてからも、ダミアンは背伸びをしてガラスごしに、ずっと犬と見つめあっていた。だいぶたってから、兄が声をかけた。

「おい、疲れただろう？　もう座れ。夕飯を持ってくるから」

家には女手がなく、煮炊きも彼らがしていた。兄は湯気のたつ皿を持ってきて、椅子（いす）の上に置いた。

「ダミアン、体を休めなきゃ」

ダミアンは食べ、その間も通りから響いてくる犬の遠吠えを聞いていた。何か新しいすばらしいことが彼の中で起こりつつあった。何かすごいことで、彼は活気とこわいような歓喜に満たされていった。犬の声を理解していない父や兄たちは、

「今日はやけに風がうるさいな」と、言っただけだったが。

みなが床につくと、ダミアンは再び窓辺に出た。下にはまだあの犬がいた。その目は夜の中の二つのランプのようだった。犬は地面に身を横たえていたが、まだ頭をもたげていた。ダミアンは以前の活力が再び体にみなぎり、悲しみが、疥癬病みの動物のように退散していくのを感じた。

夜が明けたとき、犬は朝の冷気に最後の息を吐きだし、泥の中で冷たくなっていた。ダミアンは駆けていって、父親を起こした。

「おとう、見て、元気になったよ。おとう、病気がなおったよ」

誰も、すぐには信じられなかった。けれども、目と顔を輝かせて、ダミアンは小鹿のように跳びはねていたし、肌には生気が戻り、まわりの空気まで新しい色を帯びているようだった。

「あの犬がぼくを元気にしてくれたんだ」ダミアンが説明した。「何もかもぼくにくれて死んでいったんだ」

最後は、みな信じるしかなかった。ダミアンは前のように元気になり、熱も憂いの影もなくなった。まじない師のアントニア・マリア婆さんは、ガラスの目で犬を調べて言った。

「だから、言ったろう。この世で罪をつぐなっているんだって。安らかにお眠り」

兄弟たちは犬を抱きあげ、あらん限りの敬意をこめて森に埋葬しにいった。

良心

La conciencia

もう無理だ。あの憎たらしい宿無しの顔を、これ以上一秒たりと見たくない。終わりにしようと彼女は決心していた。あの暴挙に耐えるくらいなら、どんなに人でなしと思われようが、ひと思いに終わらせたほうがいい。

闘いが始まって、もう半月になろうとしていた。理解できないのは、なぜアントニオがあれほど鷹揚にかまえているかだった。そう、ほんとうに奇妙だ。

その宿無しの男は、ある晩、宿を求めてやってきた。灰の水曜日の夜、少し前まで黒い土埃を巻き上げて窓ガラスを打ち、窓枠をギシギシときしませて吹きすさんでいた風がぱたりとやんだときだった。大地は奇妙な静けさに包まれ、彼女は鎧戸を閉めなおしながら、思ったのだった。

〝なんだか、嫌な静けさ〟と。

案の定、玄関のドアの掛け金をかけようとしたとき、その男がやってきた。台所の勝手口のドアのむこうで声がした。

「おかみさん……」

マリアナはぎょっとした。ぼろをまとった年寄りだった。物乞いらしい仕草で、ぬいだ帽子を手に持っている。

「神のご加護がありますように」男は切りだした。だが、その小さな目は、妙な具合に彼女に注がれていた。その目つきに、彼女はすぐには言葉が出なかった。

冬の夜、そんなふうに宿を求められるのはよくあることだった。だが、これといった理由はないが、その男には、どこか彼女を怯えさせるものがあった。

宿無しは、物乞いにお決まりのせりふを並べ始めた。一晩だけです、馬小屋でいいんです、パンひとかけいただけたら、嵐になりそうなので……と。

確かに、雨が木のドアを叩く音がしていた。やがて大降りになりそうな、重たくくぐもった雨音だった。

「一人なので……」マリアナはそっけなく言った。「つまり、夫がまだ帰っていないので、勝手に人を家にあげるわけにいきません。悪いけど、ほかをあたってください。神様のご加護がありますように」

けれども、宿無しは、彼女を見つめたまま動かなかった。のろのろと帽子をかぶり、こう告げた。

「おかみさん、あっしは哀れな年寄りです。誰にも悪事を働いたことはありません。ほんの一晩です。パンをひとかけだけでいいんです……」

ちょうどそのとき、小間使いのマルセリナとサロメが、菜園から駆けこんできた。エプロンを頭にかぶり、キャーキャー笑いさざめいている。それを見ると、マリアナは、妙にほっと安堵を覚えた。

「いいわ。わかりました。でも、一晩だけよ。わたしが起きたときには、いなくなっていてちょうだい」

宿無しはにんまりしておじぎをすると、奇妙な礼の文句を並べた。

マリアナは階段をのぼり、休むことにした。一晩じゅう、雨が窓を叩き、よく眠れなかった。

翌朝、階下におりたとき、チェストの上の時計は八時をさしていた。マリアナは台所に入るなり、驚きと怒りがこみあげてきた。悠然とテーブルについて、あの宿無しがむしゃむしゃと朝食を食べていた。目玉焼き、大きな柔らかいパン、ワイン……。おそらくは恐れも入り混じった怒りにかられ、マリアナは、コンロの前でくるくると働いているサロメをどなりつけた。

「サロメ！」硬く、とげとげしい声だった。「この人に食事をやれだなんて、誰が言った？

なんでまだここにいるのよ！」

はらわたが煮えくりかえり、舌がもつれ、言葉が切れ切れになった。サロメは、おたまを手にもったまま、唖然（あぜん）としている。おたまからぽたぽたと、床に汁がしたたった。

「でも……、その人が言ったんです……」

立ち上がっていた宿無しは、袖（そで）でゆっくりと口元をぬぐって言った。

「おかみさん、覚えておいでですか。ゆうべ、おっしゃったじゃないですか。『この哀れな老いぼれを、中二階に寝かしてやりなさい、言われるものをなんでも食べさせてやりなさい』と。ゆうべ、おっしゃいましたよ。あっしははっきりと、この耳で聞きました。それとも、今になって後悔しているとでも？」

マリアナは何か言おうとしたが、声が喉（のど）で凍りついた。男は、その小さな目で射るように彼女を見ていた。マリアナはくるっと背を向け、心をかき乱されながら、勝手口から菜園に出ていった。

どんよりとした朝だったが、雨はやんでいた。マリアナはぶるっと寒気に震えた。草は雨水につかり、遠くの街道はうっすらと霧でかすんでいる。そのとき、背後で宿無しの声がした。我知らず、彼女は両手をにぎりしめた。

「おかみさん、ちょっといいですか。……いえ、たいした話じゃないんですがね」マリアナは街道を見つめたまま、じっとしていた。「あっしはこのとおり、老いぼれの宿無しです。が、宿無しってのは、いろんなことを知っているもんなんです。そう、あっしはあそこにいましてね、あれを見ましたぜ。おかみさん、この目で確かにね」

マリアナは口を開けた。けれども、ようやくこう言っただけだった。

「何を言っているの？　言っておくけど、十時には主人が馬車で戻ります。そんなふざけた話、耳を貸しやしませんよ」

「ええ、ええ、そうでしょうとも」宿無しは続けた。「要するに、あっしがあの日見たことを、誰にも知られたくないってことですな。違いますか、おかみさん」宿無しは言った。

マリアナは、くるりと背を向けた。怒りは消えていた。混乱し、心臓が早鐘を打っている。

〝何言ってるの？　何を知っているというの？　何を見たですって？〟しかし、口をつぐみ、ただ、憎しみと恐れをこめて、にらみ返しただけだった。男は、きたない歯茎をむきだしにしてにやにやしていた。

「しばらくいさせてもらいますよ、親切なおかみさん。体力が戻って、天候がよくなるまで。老いぼれて、あちこちがたがきているものでね」

マリアナは駆けだした。かすかな風が頬をなでた。井戸端まで来て、足を止めた。心臓が口から飛びだしそうだった。

それが最初の日のことだった。その後、アントニオが馬車で帰宅した。アントニオは毎週、パロマールに商品を仕入れに行く。宿屋のほかに、村で一軒だけの商店を持っていた。畑に囲まれた、大きく広々とした家は、村の入り口にあった。暮らしにはゆとりがあり、アントニオは村では金持ちで通っていた。〝金持ちか〟。マリアナは暗い気持ちで考えた。憎々しい、あの宿無しがやってきてから、彼女は顔色が冴えず、生気がなかった。〝金持ちじゃなくても、結婚していた?〟しなかっただろう。十四歳も年上の下品な男と、どうして結婚したのか、自分でもわからなかった。人から敬遠され、誰も近寄りたがらない無愛想な男。マリアナは美人だった。村じゅうに美貌で知られ、美人だ、美人だと、もてはやされていた。彼女に恋をしていたコンスタンティノも。けれども、コンスタンティノは彼女と同じ、ただの小作人の子だった。そして彼女は、空腹にも労働にも悲しみにもあきあきしていた。そう、もうこりごりだった。だから、アントニオと結婚した。

マリアナは、奇妙なわななきを覚えた。男が居座るようになってからもう半月がたとうとしている。彼は、食っちゃ寝、食っちゃ寝し、日が差せば畑側の勝手口の前に座りこみ、臆面もなくノミをとった。

「なんだ、こいつは？」と、最初の日にアントニオはたずねた。

「気の毒だったものですから」マリアナは、ショールの房を指でにぎりつぶしながらこたえた。「年寄りだし、天気も悪くて……」

夫は何も言わなかった。宿無しに歩みよって、出て行けと言うものと思っていたのに。マリアナは階段を駆けのぼった。怖かった。そう、とても怖かった。〝コンスタンティノが窓辺の栗の木をのぼるのを、あの男は見たのかしら。アントニオが馬車で出かけた夜に、彼が寝室に忍びこむのを見たというの？〟『あれを見ましたぜ、この目で確かに』だなんて、それ以外ありえない。

もうだめ。もう耐えられない。宿無しは家に居座るばかりか、金までせびり始めていた。そう、金まで。解せないのは、アントニオがあれっきり何も言わないことだった。ただ男のことを無視し、ときおり彼女のほうをじっと見るだけだった。マリアナは夫の大きな黒い目が執拗に自分に注がれているのを感じ、おののいた。

その午後、アントニオはパロマールに出かけることになっていた。馬車にラバをつなぎ終えたところで、下男の声と、手伝いに出ていたサロメの声が聞こえてきた。マリアナは体がすっと寒くなった。〝もうだめ。もう耐えられない。こんなの無理。出ていくように言おう。このままでは生きた心地がしない〟。気分がすぐれなかった。怯えているせいだ。コンスタンティノとは、もう会っていなかった。もう会えない。考えただけで、恐ろしくて体が震えだし、歯がカチカチと鳴った。知られたら、アントニオに殺されるとわかっていた。殺されるに決まっている。夫はそういう人間だ。

馬車が遠ざかっていくのを見とどけてから、マリアナは台所に降りた。宿無しは火のそばでうたた寝をしていた。それを見て、マリアナは思った。〝わたしに勇気があれば、殺してやるのに〟。すぐそこに、鉄製の火ばさみがあった。でも、やらない。自分にはできないとわかっていた。〝臆病者。臆病なくせに、それでも生きることに執着がある〟。だから、こんなことになったのだ。〝生きていきたいから〟。

「おじいさん」と声をかけた。静かな声だったが、宿無しは底意地の悪そうな小さな目を開いた。〝寝たふりだったの?〟マリアナは心の中で思った。〝古だぬきだわ〟。

「こっちに来て。話があります」マリアナは続けた。

男は井戸端までついてきた。そこでマリアナは振りかえり、年寄りを見つめた。

「もう何でも好きにして。話したけりゃ、夫にすべて話せばいい。だけど、出てって。このいる。

「出てって。今すぐ」

家から出てって、今すぐ」

男は数秒、黙ったままだった。それから、にやりとした。

「旦那はいつお帰りで？」

マリアナは蒼白だった。宿無しは彼女の美しい顔と、目の下のくまを見た。前よりやつれている。

「出てって。今すぐ」マリアナは言った。

かたく決心している。目を見て、宿無しはそう理解した。決意し、絶望している。彼はこれまでにも、そういう目を見たことがあった。〝仕方ないな〟と、悟った。〝いい思いもこれまでか。うまい食事も雨露をしのげる場所も寝床も。宿無しよ、行くとするか。次をさがそう〟。

「はいはい、行きますよ。だけど、旦那に知られることになりますぜ」

マリアナは黙っていた。さらに蒼ざめたようだった。ふいに、彼の頭に一抹の不安がよぎった。〝この女、とんでもないことをやらかすんじゃねえか？　この手の女は首を吊るとか、そんなことをしかねない〟と。そして、憐れみを覚えた。彼女はまだ若く、美しかった。

「わかりましたよ。おかみさん、あんたの勝ちだ。行きますよ。あっしが旦那に知らせられるわけがねえ。そこまで期待しちゃいませんよ。ずいぶん楽しくすごさせてもらいやした。サロメのシチューも、旦那のワインも忘れませんよ。出ていきますって」

「今すぐよ」マリアナはせかせかと言った。「今すぐ出てって。走れば追いつくわ。行って、あることないこと話せばいい」

宿無しは、穏やかに微笑(ほほえ)んだ。杖をとり、荷物をまとめ、出ていきかけた。が、門のところで振りかえった。

「おかみさん、もちろんあっしは、何も見ちゃいませんよ。見るようなものがあったかどうかも知りません。ただ、長年こうして旅暮らしをしてりゃ、わかるんでさ。まったく清廉潔白(せいれんけっぱく)な人間などいやしないってね。そう、子どもだってそうです。おかみさん、子どもの目を見て、言ってごらんなさい。『みんな知ってるよ。用心おし』と。そしたら、震えあがりますぜ。きれいなおかみさん、あんたみたいにね」

マリアナは、奇妙な音を聞いた。心の中で何かがきしむような音を。不快さからか、弾けるような喜びからかはわからなかった。わからなかったが、唇を動かし、何かを言おうとした。だがそのとき、後ろ手に門を閉めた老いぼれの宿無しが、振りかえって彼女の顔を見た。そして、にやにやと嫌な顔で笑い、言った。

「おかみさん、ひとつ忠告してあげましょう。旦那をよく見張っておくんですな。あっちにも、この老いぼれの宿無しをぶらぶらさせておくだけの理由がある。あっしを見る目つきからして、けっこうな理由に違いないよ」

道には、深く霧がたちこめていた。その姿が遠く見えなくなるまで、マリアナは去っていく男を見つめていた。

ピエロどん

Don Payacito

祖父の屋敷の日雇いの中に、〈宝石のルカス〉と呼ばれている、とても年をとった老人がいた。〈宝石のルカス〉は、ずる賢い、いかさま師だと言われていたが、祖父は彼に目をかけていて、彼が若かった頃の話をよくしてくれた。

「世界のあちこちを渡り歩いていたが、いつも最後はさんざんな目にあったらしい。ジャワ島にいたこともある」

〈宝石のルカス〉のことを、大人たちは物笑いの種にしていた。でも、子どものわたしたちにとってルカスは、この世で最もすばらしい存在だった。兄とわたしは、彼に一種の愛情と称賛と恐れを抱いていた。それは、その後二度と誰にも感じたことのない感情だった。

〈宝石のルカス〉は、祖父の森の入り口にある、一番端のバラックに住んでいた。一人暮らしで、肉と玉ねぎとジャガイモを煮込んだシチューをときどき骨製のスプーンでわたしたちにもふるまってくれた。服は、棒でバンバン叩(たた)いて川で洗った。すごく年寄りだが、最後にとった年をなくしてしまったから、もう何歳かわからないと言っていた。わたしたちは、チャンスを見つけては、〈宝石のルカス〉のところに出かけていった。彼のような話をしてくれる人は、ほかにいなかったから。

「ルーカス、ルカス！」小屋の前に座っていないと、わたしたちは声をそろえて彼を呼んだ。

彼は目をこすりながら出てきて、ぎろりとこちらをにらみつけた。髪は真っ白で、前髪が額に落ちていた。背は低く、腰が曲がり、いつも語呂のいい、詩のような言葉で話した。必ずしもきれいに韻を踏んでいるわけではなかったが、その奇妙な文句はわたしたちを魅了した。

「ちょうちんのちんころ目、いったい何しにきやがった」

そんなふうに言われると、（黒い蝶や、風や、墓地のぬめぬめした地面から出てくる青い鬼火に囲まれているみたいに）怖いようなうれしいような気持ちでいっぱいになって、わたしたちはそろそろとルカスに近づいた。

「ピエロどんに会わせておくれ」人に聞かれないように声をひそめて、わたしたちは言った。

わたしたちの魔術師である、彼以外の誰にも聞かれないように。

彼は、葉巻のように茶色い、曲がった指を唇にあてた。

「しっ！　静かにしろ、悪党島の小わっぱども」

ルカスはいつでもわたしたちのことを「悪党島の小わっぱども」と呼んだ。すると、わたしたちは、うれしくてうれしくてたまらなくなった。「悪人、罪人、カラス野郎」と呼ばれることもあった。それを聞くと、わたしたちの胸の中で何かが、色とりどりの風船のようにふくらんだ。

〈宝石のルカス〉は腰かけて、わたしたちに手を出させた。

「おめえらの手ぇ、見せてみろ。心はみーんな、お見通し」

わたしたちは、手のひらを上にして、両手をさしだした。心臓が強く打った。震えながら笑いをこらえているわたしたちの手に書いてあることを、ルカスはほんとうに読めるかのようだった。

ルカスは目を近づけて、手のひらと手の甲をためつすがめつ見て、顔をゆがめた。

「見える、見えるぞ、まる見えだ。なんという手ぇ、してやがる」

歌うように言って、ペッペッと何度も地面に唾(つば)を吐いた。わたしたちは必死で笑いをこらえて、唇を噛(か)みしめた。

「こいつは、聖ペトロみてえに三度続けて嘘をついたな」たぶん、兄への言葉だった。兄は真っ赤になって黙っていた。当たっていたのかもしれないし、そうではなかったかもしれない。だけど、〈宝石のルカス〉に誰が言い返せただろう。

「そっちのいじきたないくいしんぼうは、川底に金の粒を隠しやがったな。ジャワ島のろくでなしの漁師みてえに」

何かというと、ルカスの話にはジャワ島の漁師が出てきた。わたしも黙っていた。川底に金の粒を隠さなかったなどと、誰が言えるだろう。わたしは何も言えなかった。

「お願い、ルカス、お願いだから、ピエロどんに会わせてよ」

ルカスはしばらく考えこむようにしてから、とうとう言った。

「行け！　走れ、小わっぱども！　ピエロどんは洞穴だ！　早く行かなきゃ、まにあわねえぞ」

兄とわたしは森に向かって駆けだした。木立の中に入るなり、深緑と静寂と、葉むらを穿つ木漏れ日の星々がわたしたちを包んだ。羊歯を踏みしだき、渓流のそばの苔に覆われた岩によじのぼり、わたしたちは走った。わたしたちの秘密の友だち、ピエロどんの洞穴は、ずっと上のほうにあった。

洞穴の入り口に、わたしたちは息をきらしてたどりついた。喉のところでどくどくと血が脈打つのを感じながら、地べたに座りこんで待った。頬が燃え、胸に手を当てると、心臓の鼓動が伝わってきた。

ほどなく、坂道にピエロどんが現れた。黄色い太陽がいくつもついた赤いマントに身を包んでいる。青いとんがり帽子に麻糸の髪、お月さまのように美しい真っ白いすばらしい顔。右手で、てっぺんに赤い造花のついた長い杖をつき、あいている左手で金色の鈴を鳴らしていた。兄とわたしはぱっと立ち上がり、深々とおじぎをした。ピエロどんはすたすたと洞穴に入っていき、わたしたちはあとに続いた。

中はむっと、家畜の匂いがした。羊飼いたちが、夜、群れをそこに追い込むことがあるからだ。ピエロどんはおもむろに、岩陰に隠してあったさびたランプに火を入れた。それから、洞穴の真ん中にある、羊飼いの焚き火で黒くなった大きな石に腰をおろした。

「今日は何を持ってきた?」暗闇の奥から響いてくる、不気味な声が言った。

わたしたちはポケットをさぐって、彼のためにくすねてきた、罪深い硬貨をさしだした。ピエロどんは銀貨をこよなく愛していた。注意深く調べてから、魔法のマントの奥にしまった。それから、マントの下から、今度は小さなアコーディオンをとりだした。

「〈ティモテアの魔女の踊り〉を踊って！」わたしたちはねだった。

ピエロどんは踊った。すばらしい踊りだった。音楽に合わせてジャンプし、合いの手を入れた。くるりとまわるたびにマントがふくらみ、わたしたちは笑っていいやら、逃げだしていいやらわからず、洞穴の壁にはりついていた。さらにピエロどんは、〈迷える悪魔の踊り〉やそのほかの踊りを次々と披露した。音楽は美しく怪しげで、川のせせらぎのように響いてくるぜいぜいという息遣いが、わたしたちを震えあがらせた。お金があるあいだ、音楽と踊りは続いた。お金がなくなると、ピエロどんは地面にばたんと倒れて、眠ったふりをした。

「出ていけ、出ていけ、出ていけ！」怒鳴られて、わたしたちはあわてふためいて外に飛びだし、森の斜面を駆け降りた。背中に毒蛇のような悪寒をはりつけ、真っ青になって。

ある日――わたしは九歳になったところだった――、わたしたちはピエロどんに会いたくて、ルカスの小屋をたずねた。ルカスが呼んでくれないと、ピエロどんは決してやってこなかった。バラックはひっそりしていた。おびえた小鳥のように、小屋のまわりをぐるぐる回って、いくら呼んでも無駄だった。ルカスの答えはなかった。とうとう、わたしより大胆な兄が、木戸を押した。ギイーッと長い音がした。わたしは兄の背中にへばりついて、やはり中をのぞきこんだ。弱い明かりが半開きの窓から入っている。嫌な匂いがした。中に入ったのはそれが初めてだった。

大きなベッドの上にルカスがいた。じっと動かず、おかしなようすで天井を見つめている。最初、わたしたちはどういうことかわからなかった。兄が名前を呼んだ。最初は小声で、次に大声で。わたしもまねをした。

「ルーカス、ルカス、悪党島のカラス野郎！」

返事がないので、わたしたちは笑いだした。兄がルカスを左右に揺すり始めた。ルカスは冷たくて、こわばっていた。触れると漠然とした、なんとも言いようのない恐怖が湧きあがってきた。返事をしてくれないので、とうとうわたしたちは揺らすのをやめた。きょろきょろと部屋の中を見てまわると、古ぼけた黒い旅行鞄(かばん)があった。開いてみた。中には、マントと帽子と、わびしいボール紙でできたピエロどんの白い顔があった。そして、わたしたちのあげた罪深い硬貨が、衣装の間に青白い星のように散らばっていた。

兄とわたしは、黙って顔を見合わせた。突然、二人そろって泣きだした。涙が頬をつたうまま、わたしたちは外にとびだし、畑に向かって駆けだした。わあわあ、心の底から泣きながら、坂をのぼった。

「ピエロどんが死んじゃった！　ピエロどんが死んじゃったよう！」と、しゃくりあげながら叫んだ。

みんながこちらを見て、その言葉を聞いたけれど、わたしたちが誰のために泣いているのか、誰にもわからなかった。

羨望

Envidia

女中のマルティナは、大柄のたくましい娘だった。黒々とした三つ編みを頭の後ろで丸めていた。がさつで、声はがらがら。おまけに気性が荒いことこの上なく、祖父の家の台所に集まる使用人たちはみな、間違っても彼女をからかったり茶化してはいけないと心得ていた。すぐにすさまじい勢いでくりだされる手にかかり、鼻血を流した者は一人や二人ではなかった。

洗濯物を山盛りにしたたらいを、馬のようにどっしりとした尻にのせて、彼女が裸足(はだし)で川におりていく姿をわたしは今も覚えている。日に焼けたむきだしの脛(すね)が、日差しをうけて輝いていた。料理番のマルタによれば、マルティナは男二人分の腕力と、軍曹四人分の気性の持ち主だった。だから、ほかの使用人や小作人はめったに彼女に話しかけようとしなかった。

「そんなに怒りっぽくちゃ、友だちも恋人もできないよ」と、マルタはたしなめたものだった。年長のマルタだけは、年の功でずけずけと彼女にものが言えた。「もうちょっとやさしく、親切におなりよ」

「やなこった」マルティナはそうつっぱねた。そして、パンをかじりながら力強くさっそうと川におりていった。確かに、彼女は何でも一人でかたづけ、自分以外のものは何一つ必要としていないように思われた。

マルティナの心は鋼（はがね）でできていて、弱気の入る隙（すき）などないとわたしは思いこんでいた。その日まで、みんなもそうだったと思う。クリスマスも近い夜、夕飯のあとの台所で、人をうらやむことについてみんなが話しだしたときまで。

「よくないよね、やっかみってのは」おしゃべりがはずんだ最後に、マルタが言った。「よくないよ。だけど、悲しいかな、人をうらやんだことがない者などいないだろうさ」

みな、同意するように黙りこみ、考えこんだ。わたしはいつものように、こっそり隠れてみんなの話を聞いていた。

「そりゃそうさ」マリノが言った。「だれだってあるよ。一度も人をうらやんだことがねえ者なんているもんか。いや、でもマルティナはどうかな。人のことなど目もくれねえんだから」

かっかして、怒鳴るかとびかかってくるものと思って、みんながいっせいにマルティナを見た。ところが、マルティナは考えこむように火を見つめ、軽く肩をすくめただけだった。じっと手で膝（ひざ）をかかえている。黙っているので、マリノが調子に乗った。

「どうなんだよ、えっ。おまえは人をうらやんだことなんかねえよな？」

みなが半分おもしろがりながら好奇心にかられてマルティナを見た。ところがどうしたことか、マルティナはまわりに漂いはじめた軽い揶揄にも気づかないようだった。火を見つめたまのっそりと言った。

「ないと言えっての？　でもさ、降誕祭の季節に嘘をつきたかないよ。あるさ、一度だけ、うらやましくて仕方なかったことが」

マルタが笑いだした。

「で、何がうらやましかったんだい、知りたいもんだね」

マルティナはマルタを見た。その目には、マルティナが普段見せたことのないやさしさが宿っているようだった。

「知りたきゃ教えてやるよ」マルティナはこたえた。「終わっちまったことだから。もうずいぶん前、あたしがまだ子どもだったときにさ」

マルティナは手の甲で唇をぬぐった。ほほえもうとしたようだったが、口はむっと閉じられたままだった。みな驚いて耳を傾けている。マルティナはとうとう言った。

「人形がうらやましかったのさ」

マリノが声をたてて笑った。マルティナは振りむき、軽蔑をこめてにらみつけた。

「ロバは勝手に鳴いてな。知りたくなきゃいいんだよ」苦々しげに言った。

マリノが真っ赤になり、マルタがとりなした。

「話しとくれよ。気にすんじゃないよ」

すると、マルティナは口早に言った。

「こんなこと一度も話したことないけど、父ちゃんがフィロメナと結婚してから、あたしがたいへんだったのは知ってるだろ」

マルタがうなずいた。

「ああ、あの人はひどかったね。絵に描いたような継母だったよ。だけど、あんたはいつだって、なんとかやってきたじゃないか」

マルティナはまた、考えこんだ。暖炉の炎に照らされたマルティナの表情は、いつになくやわらかかった。

「そうさ、なんとかしてきたよ……。だけどさ、あたしだって子どもだったんだよ。そうだろ、まだほんの小さな子どもだった。あんたは心がないのかい? 父ちゃんがフィロメナと結婚してさ、マウリシオとラファエリンがやってきた。で、あの子たちのことはちやほやするのにさ、こっちはでかいもんだから、そら働け、畑に出ろってけしかけられた。文句を言ってるんじゃないよ。だって、ここじゃ、みんな働くために生まれてくるんだから。でも、あたしは七歳だったんだよ。ほんの七歳！」

それを聞いて、みな黙りこんだ。マルティナの声を聞きながら、わたしは胸がかすかにうずくのを感じた。彼女は続けた。

「こういうことさ。ある日、テアトリン一座がやってきたんだ。覚えてるだろう、テアトリンの劇団のこと。すてきだったよね！　マリオネットの小劇場でさ、家を抜けだして見にいったんだ。階段のところの穴にレアル玉を二つためてあったから、それを握ってかけつけた。そう、すごくよかった。ものすごく。とってもすてきな出し物だった。話はよくわかんなかったけど、人形がそれはもうすてきでさ。主役の人形は金髪がここまであって、あんなきれいなものは見たことがなかった。ドレスもさ……、あの人形ときたらいろんなドレスを着て出てくるんだよ。場面が変わるごとに、扇やブレスレットもかえてさ。ほんとに夢みたいだった。あたしはもううっとりしてさ、あんまりよかったから、終わったとき小屋の奥に行ってみたんだ、もっと見たくって。劇団の女の人が人形を箱にしまってるのが見えた。でも、あの人形、フロリアーナって名前の人形だけは、べつにしてあった。だから、あたしは出ていってきいたんだ。『すみません。その人形、見せてもらえませんか』って。

女の人は初め、あたしを追いはらおうとしたみたいだった。でも、そのあとで話を聞いてくれた。今だから言うけど、あわれに思ったんだろうね。だってあたしは裸足だし服はぼろぼろだしやせっぽちだったから。『おちびさん、入場料は払ったのかい』って言うから、『はい、払いました』って言ったらさ、あたしの頭のてっぺんから足の先までじろじろ見て、とうとう自分に向かって笑うみたいにくすっとして言ったんだ。『いいよ、見たけりゃどうぞ』って。そりゃあすてきだったよ！　信じられなかった。フロリアーナは自分用のかばんを持ってるんだよ。しかも、きれいな衣裳がどっさり！　それに、ブレスレットや冠や扇も！　その人が、一つ一つ見せて説明してくれた。『これはこのドレスのときの冠、こっちはこの服と合わせるアクセサリー……』って。ほんとに、夢みたいだった！　でも、見ているうちに、胸の中がむずむずしてきたんだ。ねたみの猫だか悪魔だかが心をひっかいて、悲しくてたまらなくなったんだ。だって、その人形の暮らしときたら、すごいんだよ！　で、家に着いたら、フィロメナが室内履きを持って待ち構えててさ、黙って出かけたからってさんざんぶってきた。あたしははなをすすりながら、ベッドがわりの木の箱にのぼったよ。で、わらぶとんにくるまって寝ながら、柔らかい絹の布がしきつめられたフロリアーナのトランクの寝床を思い出した。自分のみすぼらしい服を見て、フロリアーナの絹のドレスやブレスレットのことを思い浮かべた。朝になって太陽が顔を出すなり、あたしは劇団の馬車のところに行ったんだ。裸足で、半分裸みたいなかっこうで駆けつけて、大声で昨日の女の人を呼んだ。女の人がぼさぼさ頭でねむそうに出てくると、一緒につれていってってって頼みこんだ。つれていってください、きれいに洗って髪をとかしたら、あたしもお人形みたいになれますって」

マルタがほほえんで、マルティナの肩に手をかけた。

「なんだい、そんな悲しい顔をするんじゃないよ。終わったことだろう？　そのあとおまえさんはがんばってきたじゃないか。そんなの、うらやむうちに入らないさ！」

すると、マルティナは、うるさいハエを追いはらうようなしぐさをして頭をあげた。

「言いたいことはそれだけかい？　同情はごめんだよ。おあいにくさま。だけど、あたしと同じ目に会いたい人がいたらお目にかかりたいもんだね……。けど、あたしたちがしてたのは、やっかむことの罪の話だったね。悲しみの話じゃなくてさ」

煙突（チメネア）

Chimenea

この町の司祭さまへ

神父さま、どうしてあっしがこうしているか、どうか話させてください。あっしは、神父さまが時々町で見かける、ほうきをかついで、倒れそうになりながらよろよろ歩いている男です。一軒一軒家をたずねては、「馬小屋の掃除はいらないかね？」と、きいてまわっています。このあたりじゃ、どこの馬小屋も汚ねえから、糞やら藁をかきだしては、堆肥にできるようにすみにまとめて、駄賃をもらうんでさ。そんなことをしてる奴だと、神父さまも覚えておいでしょう。けど、考えてみると、神父さまのところには馬小屋がなくて、あっしを呼んだことがねえから、あっしが誰か、見当もつかねえかもしれませんね。だから申し上げます。隠しても仕方ねえ。神父さま、あっしはあの飲んだくれです。神父さまにいつも叱られて、神様がお怒りになるぞとおどされてる、あののんべえです。昨日かおとついも言われました。「怠けて、悪魔の言葉を話していたら、今に神様から罰がくだりますよ」と。神父さまにそう言われるたびに、胸が痛みますが、何も言い返せません。けど、知っておいていただきたいんです。黙っているのは、言葉がいっぺんに喉にせりあがってきて、もつれて出なくなっちまうからです。だから、ただ地面を見るんです。神父さまの言葉より、石やら、そこらに生えてる草のほうが気になるみたいに。けど、そうじゃないんです。神父さまがおっしゃるように、天の神様は、そんなこたあねえと、ご存知のはずです。だから、こうして手紙を書くことにしたんです。このあいだ雨宿りをしようと、こっそり教会に入ったとき、神父さまが話していたことが頭からはなれねえから。

そうです、神父さまが手にとって、その目に近づけて読んでくれるように、この手紙を書くことにしました。どうしてこんな飲んだくれになったか、どうしてこんなに口が悪く、働かねえのか、何もかもを知ってもらいたくて。全部知ったら、神父さまが神様に言ってくれるかもしれねえから。だって、すごく親しい友だちなんでしょう。「ほうきをかついで、あそこでわめいている奴も、天国に行きたがってますよ」って、頼んでくれるかもしれねえから。だって、あの雨の日、神父さまが教会で話していた〈天国〉ってのは、すごくいいところみてえだから。けど、こういうことを口では言えねえから、ちびた鉛筆でこうして書くことにしたんです。書くなら、ゆっくり考え考えできるでしょう。ほんとはずいぶん前から話したかったんです。でもあとで道で会ったとき、「天国に行きたがっているのはこいつか」と見られるかと思うと、恥ずかしくて話せませんでした。

だけど、決心したんです。だから、遠い昔のことからお話しします。そしたら、よきにはからってくれるかもしれねえし、何も言わねえとは言われなくなるでしょうから。では、書きます。あっしはクリストバルと申します。でも、煙突(チメネア)と呼ばれてます。母は、まだあっしが小さい、何か月かの赤ん坊のときに、ここにやってきました。右も左もわからない町で、あっしのために必死で働きました。ずいぶん前、まだ別の神父さまがいたときのことです。早口で、何を言っているのか、さっぱりわからねえ、青い目の神父さまでした。ともかく、母は毎日働きどおしでした。あっしがこの目で見てきたんです。農家の力仕事を手伝ったり、結婚式で料理を作ったり、大きな袋をかついでドングリを集めたり、凍えながら川で洗濯をしたり、目や耳まで土埃(つちぼこり)だらけになって落穂を拾うのを見てきたんです。あっしがまだ小さい、よちよち歩きのころ、母は仕事に行く前に窓のところに食べ物を置いていってくれたものでした。なのに、屋根から入ってきた猫に横どりされて、すきっぱらをかかえてべそをかくことになりました。こんなことを話すのは、今も心がうずくからです。それに神父さまが神様に話すとき、何かの役に立つかもしれねえし。あっしたちは宿屋の穀物置き場に住んでました。ご存知ですか？ ピンチャウバスっていう、前の主人が生きていたころのことです。

当時、うんと若かった母は、さんざん悪口を言われ、口ぎたなく罵られ、女の人たちから後ろ指をさされてました。「あばずれめ。罪をかかえて、さっさと元いた場所に帰んな」と言われるのを聞いたことがあります。あっしは行って、石を投げつけてやりました。そんなの、何の役にも立ちませんでしたけれど。だって、あっしは母親が大好きだったんです。あっしを働かせなかったから。だって、働くってのは、すごく悪いことでしょう。あっしが何を見てそう言うかわかりますか？　母は、毎晩くたびれきって帰ってきました。で、もうそこらで眠りこんでしまっているあっしを起こして、自分のひざに座らせて、話しかけたもんです。どんなことを話したかって？　自分は、顔も見ないためにおまえを産んだんじゃない、だから起こすんだ、いやだと言われたって起こすよって言ったものです。あっしはいやだなんて言いませんでしたよ。母の胸にぐりぐり頭をこすりつけたり、母の首すじに顔を寄せたり、腕にそっとかみついたりしました。そうすると母は安心して眠るんです。そうそう、忘れもしません、あっしの顔をなでる母の手は荒れてがさがさでした。だけど、唇は、それはもうふっくら柔らかでした。ほんとです。いつだったか、涙が母のまつげの先にのっかっていたとき、あっしはそのままにしておきました。きらきら光ってすごくきれいだったから。まるで目の上で星が光ってるみたいでした。で、しまいに母は言いました。「ばかだね、もうおやすみ」って。でも、その前に母はあっしに誓わせました。誓うときにジプシーたちがするみたいにして、絶対に働かないってね。だから、あっしはそのとおりにしました。母はあっしに鍬を持たせず、学校にやりました。働かずにすむように、あっしがたくさん、たくさん学ぶのを楽しみにしていたんです。

あっしが読み書きをしっかりとできるようになったの見て、母がどんなに喜んだことか。だけど、計算はからきしだめでした。まるっきりです。黒板の足し算が涙で見えなくなって、答えを出せませんでした。呪いをかけられたみたいに。かっとなった先生に、耳をひっぱられようが、棒で叩かれようが、覚えられません。なんで計算ができなきゃならないんだとあっしが言うと、母は言ったもんです。「ばかだね、この子は。計算ができないと、今に汗水たらして村長の畑を耕したり薪を割ったりしなきゃ食っていけなくなる。だけど、計算ができれば、店で働いて、帳簿をつければいい。紙にちまちま数字を書けばいいんだよ、いい暮らしじゃないか」って。母の言うことが、火を見るより明らかなことはわかります。でも、そんなの逆立ちしたってできません。計算はどうにもならないんです。ロバと笛の詩だとか、緑のクルミのサルの話だとかを暗唱しろって言われたら、いくらでもやってみせます。ばかだ、ばかだとばかり思われたくないから、言っているんですがね。でも、母はあっしのことをばかと思いこんでいて、眉をひそめて、「ばかだね、この子は」と、いつも言ってました。そう言われると、あっしの心臓はハシバミの殻に入りそうなほどきゅっと縮こまりました。脳たりんだ、母親が罪を犯した報いだとみんなに言われました。いつもぼんやりしていて、もじもじしてばかりでろくに人と話せねえし、母の手伝いもしなかったからです。あっしはいつでもすごく寂しくて、母以外は誰もかれも憎らしくてたまりませんでした。

そうこうするうちに、不幸が起きました。冬になろうというころでした。村長の家のまいごの牝牛を探しにいった母が、増水した川にのまれて、牛と一緒に流されたのです。そして、死んじまったんです。あっしはそんなわけないと思いました。母が頭を揺らしたとき、赤いイヤリングが耳元で踊っていたのを思い出して。そう、踊ってました。あっしは何度も母の名を呼んでから、母はもういないのだとわかりました。ここん中がきゅうっと痛くなって、人に聞かれたかと思うと恥ずかしくなりました。そのころのあっしはやせっぽちのちびすけでしたが、宿屋の主人のピンチャウバスが使い走りとして、そのままおいてくれました。村長や司祭さまが何度も手を貸してくれて、主人を善人だ、善人だともちあげてくれたものでね。

でも、あっしはなじめませんでした。言われたことをしようとはしました。でも、神父さま、わかってもらえるでしょうか。あっしは、そのとき十二歳にもなってなかったんです。あっしは、馬車引きたちのすることを見たり聞いたりするのが好きでした。あの人たちがテーブルを囲んで、話すことといったら、それはもう珍しいことばかりで、うらやましいわ、面白いわでとりこになりました。で、あっしがどんなことを考えさせられたかを、神父さまに全部お話ししたかったんです。考えずにいられたらどんなにいいかと、耳をひっぱられるたびに思いましたよ。考えるからいけねえって言われてね。あっしだって、テーブルの端でパンを切って、せっせと客に配りたかったですよ。宿屋の主人に言われるとおり、お客に足らないものがないかと、よく気を配って、まじめにかいがいしく。だけどね、あの馬車引きたちときたら、まるっきり違うんです。そう、ぜんぜんあっしらと違って、満ち足りて、笑っているんです！　なんとも楽しげに！　そう、男たちは遠い地の果てからやってきて、それはもう、いろんなことを話してました。しかも、一人一人みんな違っているんです。テーブルのすみに座って、なんでも質問していいと言われたなら、堅くなったパンのきれはししかもらえなくても平気だったでしょう。心の中でこう思ったものです。〝この人たちはたくさんのことを知っている。この村の外のこと、あくせく働いて食っていく以外のことを。だから、こんなに幸せなんだ〟と。町ではどうだとか、こうだとか、知事に会ったとか、金のりっぱな指輪を買ったとか、それはもういろんなことを話してましたよ。きれいな屋根の話を聞いたこともあります。黄色や青にきらきら光ってたというから、どこかのお城かもしれません。どんなにきれいでしょう。ここに書ききれねえほど、いろんな話をしてました。でも、あとになって無性に腹がたちました。〝どうして母は、あっしをこんな寂しい場所につれてきたんだ〟って。そのときあっしは、絶対子どもは持つまいって心に誓いましたよ。だって、子どもがどこで生まれたがってるか、わかりゃしませんからね。女ってのは、自分の子をどこで産み落とすか、よく気をつけたほうがいい。だって、こんなうすぎたねえ、救いようのねえ場所で産み落とされたら、馬車引きのパンを切って生きていくしかありませんから。ちょうどその頃、前の教区司祭さまが亡くなって、神父さまがやってきました。で、ある日、どんな人かと、ちょっくら仕事をさぼって教会に入ってみたんです。そのとき、神父さまのお話を聞きました。あっしはその言葉に、天地がひっくりかえるほどびっくりしました。だってこう言ったんです。忘れもしません。「食べるためだけに生きることは罪です。大罪です。食べるためだけに生きている者は、地獄に落ちます」って。

神父さま、それを聞いて、あっしは体が震えました。じゃあ、なんだ？　と、自分に問いかけました。朝から晩まで、なんのために俺は働いてるんだ？　なんのために薪を背負ったり、床を磨いたり、自分の背より高く積み上がった皿を洗ったり、馬車引きのパンを切ったり、客室のろうそくを補充したり、毎日毎日、休みもせず、言われたことをやっているんだ？　みんな、なんのためなんだって。それは、みんな食うためでした。そこで、心の中にむくむくと怒りが湧きあがってきたんです。だから考えるといけないんです。それに、自分のやってきたことがすごく恥ずかしくなりました。食っていくためだけに、これまでの自分の人生をすべて無駄にしてきたんですから。〝俺は、鼻面で泥を掘りかえす豚よりひどい、最低の人間だ〟と思いました。そうしなくてすむなら、そうしたかったですよ。一日じゅう働いたとしても、もっと違うことができたらどんなにいいか。けど、神父さまはひもじい思いなんてしたことがないのでしょうね。どうぞ、気を悪くしないでください、でも、一度でも腹をすかせたことがあれば、あっしのことをわかってもらえるでしょうから。だから、食っていく以外に、自分は何のために働いているんだろうと、脳みそがからからになるほど考えました。なんて難しい問いでしょう。そこで、あっしはああでもないこうでもないと考えながら、宿屋に出入りする人たちを見ていったんです。旅をして、働いて手にしたものを、食べ物を口にいれる以外にも使っている人たちを。

そこで、ある日とうとう、宿屋の主人のピンチャウバスにお願いしたんです。食事を出してくれるかわりに、働いた分の日給をくれってね。主人は、なんでそんなおかしなことを言いだすんだと、むっとして聞きかえしました。こたえられなかったけど、あっしがあんまりしつこいからでしょうか、興味をひかれたからでしょうか、とうとう主人はこう言いました。「わかった。勝手にしろ。だけど、食事の時間に台所に来るんじゃないぞ。来たら、犬みたいに追っぱらってやるからな」って。

そこで、あっしは金をうけとると、まっすぐ酒場に行って、食うかわりに、飲んで、飲んで、飲みまくったんです。どれだけ飲んだか、神父さまには想像もつかないでしょう！

話したかったのは、それで何がわかったかってことです。いい気分でした。嘘じゃありません。それに自分が強くなった気がしました。恥ずかしくなくなって、犬や、それに人間も、見下してやりました。背がうんと伸びて、誰よりも大きくなった気がして、大笑いしました。母が生きていたときにも感じたことがないほど幸せな気分で、大声をあげて道を歩きました。神父さま、一日や二日じゃありませんよ、毎日です。食べ物なんかに一銭も無駄にせず、うまい赤ワインに金を使いました。そして、つまらないことや辛(つら)いことを忘れました。

だけど、しまいにピンチャウバスにあいそをつかされて、宿屋を追いだされました。「とっとうせろ、酔っぱらい」と、どこに行っても爪弾きにされました。今もそうです。けれど、飲むことであっしは、神父さまがおっしゃっていた別の人生をとうとう手にいれたんです。違いますか？「俺は、村長のように、ただ食うことしか知らない野蛮人じゃない」と、自分に言い聞かせてきました。

おわかりいただけましたか、神父さま、そういうことです。だから、今はあくせくしないで、馬小屋掃除で金をかせいでは、おてんとさんを仰いでのんびり散歩し、どんなにばかにされ、さげすまれようと、酒場に入るんです。ですがね、このあいだ神父さまが、天国では食べることも飲むことも必要ないと話しているのを聞いたんです。それなら神様に、頼んでもらえませんか。あっしが天国に行けるように、神様に頼んでください。このとおりお願いです。だって、ワインを飲めば気分がいいと言っても、目が覚めたときは、悲しくて、悲しくてたまらないからです。

言いたいことはこれで全部です。

嘘つき

El embustero

ただでさえ悩みは尽きないというのに、これでもかといわんばかりにティトの問題がもちあがった。マルタはくたびれはて、どこか遠くに行きたいとぼんやりと思いつつ、部屋のすみの椅子(いす)にへたりこんだ。何もかもほうりだして、どこか静かな何もない場所、ゆっくり休める場所に行ってしまいたい。

マルタは、部屋の中で疲れた視線を泳がせた。正面に二つのベビーベッド。窓辺に、場所をとらないよう横向きに置いたティトの小型ベッド。三人とも眠っている。三つの動かない頭と、穏やかな寝息にかすかに上下するシーツの襟元(えりもと)を見つめ、マルタは自分の額をなでた。汗ばんでいる。

もうひどく暑かった。いよいよ夏本番だ。マルタは立ち上がって、窓をいっぱいに開いた。見下ろすと、太陽も月明かりも届かない窓の下の暗いパティオに井戸のようなものがある。ぼうっと白く洗濯物が見えた。会話の断片や食器の音、どこかの水道の水音が聞こえてくる。夜遅いパティオに響くこういった物音が、いつも夏を運んでくるのだ。

ラファエルが死んでから、もう三度目の夏だった。夫のいない暮らしが、マルタの肩に重くのしかかっていた。彼女はまだ若かった。ティト、ラファエリン、ロロという三人の息子をかかえ、人生の荷を負っていくにはまだあまりに若いと、誰もが思っていた。マルタは一瞬目を閉じて思った。〝息子たち。息子たちって、どうして？　なんのため？〟普段マルタは、足をとめて悲しみにふけるようなことはしなかった。悲しみが生きている者を癌のように傷つけ、消耗させ、だめにすることを知っていたからだ。悲しみに引きずられはしない。彼女は、人から強い女と言われていた。だが、そうだとしても、一日じゅう働いて、子どもたちを寝かしつけた夜、この時間に、自分は強い女だと言えるのだろうか。ラファエルが死んでから、女手ひとつですべてやってきた。彼らはその建物の一階に、小さな店を持っていた。キオスクに毛が生えたようなちっぽけな店だ。いつも夫を手伝ってきたので、商売のやり方は心得ていた。今もどうにか切りもりしている。だけど、疲れていやしないか。疲れて、寂しくはないのか。この時間に、再び夏の訪れを感じるときに、ちっとも寂しくないとどうして言えるだろう。苦労のかいのあることが、彼女の人生にひとつでもあるだろうか。もちろんある。息子たちがいる。この子たちのためにがんばってきたのだ。だが、子どもはいつか離れていく。人生と同じで、成長し離れていく。こんなふうに絶望を感じる資格も、自分にはないのだろうか？　彼女には、もう何もなかった。何も残っていなかった。

マルタは、無意識にティトの靴をひろいあげ、もう一方の靴とそろえた。「ティト」と、ため息がもれた。ティトはもう六歳になる。〝困ったもんだ〟。そう、見かけはただの子どもだ。なのにティトは、自分とは違う人格の重さ、まるっきり違う世界の人間だということを彼女に感じさせ始めていた。〝自分のお腹を痛めた子でも、子と親の人生はまるっきり別物なのだ〟と、マルタは考えこんだ。ティトは誰にも似ていなかった。ラファエルにも彼女にも。まったく違う人間だった。おちつきがなく、独特の考えで人を驚かせる。何より深刻な悩みの種となり始めているのは、嘘つきだということだった。そう、ティトは札つきの嘘つき、〈どうしようもない嘘つき〉だった。マルタも最初はたいして気にとめていなかった。悪気のない嘘、嘘というより〈空想〉に近いものだったから。けれども最近は……、そう、最近はティトの嘘で、彼女は生きた心地がしなかった。叱ったり、こんこんと諭したり、なだめたり、鞭で打ったりもした。だめだった。何をしても無駄だった。黒い葡萄のように輝く、黒目がちなつぶらな瞳で神妙に彼女のことを見つめながらティトが罪深い舌を解き放つと、心配した自分のほうがどうかしていたのではと疑いそうにさえなった。なぜティトは嘘をつくのか。彼女にはわからなかった。わかりようがなかった。なのに、近所の人や商店主や校長から絶えず苦情がきて、マルタは無力感と孤独にさいなまれていた。

枕にのった、ティトのあどけない顔を見た。〝この頭の中に何が入っているんだろう〟。そのとき、ティトが目を開けた。マルタはまたしても自分が騙されていたのを知った。眠っていたのではなく、眠ったふりをしていたのだ。

「何してるの?」とげとげしい声が出た。「どうして寝ないの。みんな寝てるよ」

ティトはベッドにぱっと腰かけた。やせた背中に、肩甲骨がくっきり浮きあがって見えた。

「ママ」と、言った。「ママ、ほら、羽」

「羽がどうかした?」マルタは声をやわらげた。羽の話には、いいかげんうんざりしていたのだが。ティトの行いを正そうと、最初に作り話をしたのは彼女だった。けれども、効果がないばかりか事はやっかいになる一方で、マルタは途方にくれていた。ある日、ふとこんなことを言ったのが始まりだった。「嘘をつかずにいい子にしてたら、守護の天使みたいに背中に羽がはえてくるよ。だけど、嘘ばっかりついていたら、羽はなくなるんだよ」と。ティトははりきって、その言葉を信じこんだ。そして、それ以来、しじゅう羽のことを持ちだしては、彼女を困惑させるようになった。「ママ、羽がはえてきてる?」「ママ、今日は羽がうんと大きくなったよ」「ママ、羽をとられちゃったみたい」などと。セーターやシャツをまくりあげて、彼女に小さな背中を見せる。時には肩甲骨が貧相な手羽先のように見える気がした。そう、彼女も、そのばかげた作り話に惑わされていた。

「ママ」ティノがたたみかけた。「つぶれちゃったから、羽をきれいにのばしてつけ直して」

マルタは一瞬迷った。けれども、ティトがその黒いつぶらな瞳で見つめているので、羽をのばして、そうっとつけ直すふりをした。

「さあ、ついたよ。もう寝なさい、いい子だね」

おでこにキスをしてやると、なぜか悲しみがいくらかやわらいだ気がして、子ども部屋を出た。

ところが、寝ついてしばらくしてから、マルタは玄関の呼び鈴の音で叩き起こされた。ガウンをはおって玄関の鍵をとり、開けにいった。

どういうことだろう。真っ暗な踊り場にいたのは、パティオに面した一階の住戸に住む靴屋のマティアスだった。そして、彼が手をつないでいるのは……。まさか、そんなはずはない。

マルタは頭がくらくらして、脚の力が抜けていく気がした。

「ティト！　どうしたの？」

「奥さん」マティアスが説明した。「どういうわけか、このいたずら坊主がパティオにいるのが窓から見えたんだよ。片付けなきゃなんないことがあって、この時間まで仕事をしてたら、この子がガラスに顔をくっつけててさ。しかも、パジャマだし靴も履いてない。ともかく、つれてきたよ」

マルタは、ぞくぞくと奇妙な寒気を感じた。声が出ない。ティトの手をとり、荒っぽくぐいっと引っぱった。ティトはかまちでつまずいて、転びそうになった。マルタがぼそぼそと礼を言うと、マティアスは帰っていった。マルタはドアを閉め、ティトと向き合った。

「ティト、ティト……、どういうこと？」

しかし、ティトは黙っていた。再び、彼女は寒気に襲われた。〝外に出ていってないのに……。だって、ドアから出ていったはずがない〟。ありえなかった。ティトの部屋からは、彼女の部屋を通らないと外には出られない……。それに彼女は眠りが浅いから、物音がすれば必ず気づいただろう。そう、息子たちが寝返りをうったり寝言を言ったりしただけで、彼女は必ず聞きつけた……。しかも、玄関には鍵をかけ、鍵はベッドサイドの引き出しに入れてあった。今こうして手にしている鍵だ……。

ティトは彼女を見ていた。その目は、深く澄みきっている。そんなことがあるだろうか。だが、あるのだ。何かが喉にこみあげてきて、マルタは倒れまいと椅子に座りこんだ。ティトは小さな顔でまじまじと彼女を見続けている。パジャマのズボンが短くなっていた。パティオの床はろくに掃除されていないのだろう、汚れた素足がのぞいている……。

「ティト、ティト……。おまえ、何をしたんだい？」

「なんにも。うまくいったよ」

「何が？」彼女は、声をあげそうになった。

ティトは廊下をかけだし、彼女は夢中であとを追った。子ども部屋に行くと、窓際に彼のベッドがあり、窓は開いていた。

「羽がだいぶ大きくなったから、ここから外にとびだしたの」窓を指さして、ティトが言った。「飛びたかったから。だけど、とびだしたとたんに、飛べてないのに気がついたんだ。嘘をついたのを思い出したから……。だから、いそいで天使にお願いしたんだ。『どうか助けてください。もう絶対嘘はつきません。その大きな羽で助けてください』って。そしたら助けてくれたんだ。だから、なんともなかったよ。ふわっとおりられた！」

ティトはなおもしゃべり続けていたが、マルタはへなへなとベッドに座りこんで、ただ彼を見つめていた。ただじっと。彼は浅黒い小さな手をさかんに動かして話している。現実にはありえないこと、美しい遥（はる）かかなたのこと、遠い夢の世界のことを。そう、そうだったらどんなにいいかということを……。マルタは、ティトをそっと寝かせ、彼が目を閉じふとんにくるまるのを見た。何も言わずに。

けれども、恐れや疲れや悲しみや絶望は、彼女の心から永遠に消えさっていた。

とほうもない空虚

El gran vacío

マテオ・アルフォンソが住んでいた家の前を通るたびに、彼のことを思い出す。風雨でくずれかけた藁小屋や、歳月を経てひびだらけになった屋敷が並ぶ村の古い一画に、マテオ・アルフォンソは小さな家を持っていた。まわりの屋敷のドアの紋章は角が欠け、日にあたって色がさめていた。壁のつぎめや、川の増水でくずれかけた石垣には、ツバメやトカゲが巣をかけていた。大雨の晩には、川は猛り狂う濁流となり、石垣を削っていくのだった。

マテオ・アルフォンソの家には、梨やプラムやりんごの木がある、日陰の畑があった。ぼくたちは遊びにいくときに、その畑のしわしわで形の悪い果物を何度となくくすねたものだった。ぼくの遠い記憶の中のマテオ・アルフォンソは、背が低く太った、丸い赤ら顔の老人だった。うす汚れたベレー帽の下から、黄ばんで縮れた白髪がのぞいていた。

辛抱づよく、温厚なマテオ・アルフォンソは、村じゅうの人々に好かれていた。十二年以上前に奥さんが半身不随になり、彼は一人で家と畑をきりもりしていた。ときどき、奥さんを抱きかかえて玄関の前まで運んで、使い古した毛布をかけてやっているのを見かけた。家の中はじめじめと寒かったので、そうやって奥さんに、日差しのぬくもりを味わわせてやっていたのだ。ところが、奥さんは彼の愛情や我慢強さに感謝するどころか、大声で怒鳴りつけるばかりだった。怠け者だの荒っぽいだの不器用だのと、聞いたこともないほど口汚く罵った。むろん、そんなのはみな言いがかりだった。マテオ・アルフォンソは、朝から晩まで休むことなく働き、もう何年も、毎日半リットルの赤ワインを緑色のびんに入れてもらいにいく以外、居酒屋に立ち寄ることさえなかったのだから。

　マテオ・アルフォンソは釣りもうまかった。たいがい日曜日は釣りをして、釣った鱒を神父や医者に売っていた。一番大きな鱒は病気の奥さんにとっておいて、自分では一口も口にしなかった。飼っていた蜜蜂のハチミツも、一頭しかいない山羊の乳も、奥さんのためで、余ると売っていた。

　マテオ・アルフォンソは八十二歳だったが、五十代の男よりも、よほど丈夫で、足腰がしっかりしていた。ただときどきリウマチの痛みが出た。川端の、暗くて湿っぽい家で暮らしてきたせいだ。朝、ズボンのすそをまくりあげて玄関前の石に座り、ふくらはぎにガラスびんを押しあてているところをときおり見かけた。びんの中では、二匹の蜜蜂が、日差しを受けて金ボタンのようにぴかぴか光りながら、ぶんぶん唸り声をあげていた。

「何してるの？」

「リウマチをなおしてるのさ」

ぼくたちがたずねると、おだやかにこたえたものだった。

蜂が刺すと、マテオ・アルフォンソはぎゅっと唇を噛んで、針を抜いた。脛が次第に腫れていくと、彼は言った。

「これで、リウマチが退散するさね」

そして、足をひきずって、立ち上がった。きっとそのとおりだったのだろう。

最後の頃は、働く姿が日増しに大儀そうになっていた。けれども、少しでも日が差せば、奥さんを抱えて家の前につれだし、畑仕事も炊事も川での洗濯も一日も休まなかった。寒さで木立が丸裸になり、霜柱が立っても、老いたマテオ・アルフォンソは、汚れ物を山盛り入れたたらいをかかえて、せっせと川に降りていった。砂利の上によっこらしょと膝をつき、腕も顔も真っ赤にして、寒さに凍えながら服を洗った。唇を紫色にして、あきらめと悲しみに満ちた、灰色の透き通った穏やかな目を見開き、のろのろと帰っていった。時には、家にまだ帰りつかないうちに、中から奥さんの罵声が聞こえてきた。

「恥知らず！　どこをほっつき歩いてるんだい？　あわれな妻をほっぽらかしにして」

彼は家に入り、奥さんのところに行き、頭をなでた。どうにかなだめるが、奥さんは恨みを募らせるばかりのようだった。

「くたばっちまえ。おまえさんがくたばったら、こんなひどい目にあわされずにすむだろうよ。病院で看病してもらってさ。そんな顔など二度と見たくないよ」

そんなことを言われた日、マテオ・アルフォンソは戸口のところに座って、初めてぼくたちの前で泣いた。(プラムを黙ってとらせてくれたり、ハチミツを塗ったパンをくれたりしたから、ぼくたちは、彼の畑にしょっちゅう足を運んでいたのだった)。

「アルフォンソさん、泣かないで」大粒の涙がきらきらとシャツにこぼれ落ちるのを見て、ぼくたちは胸がいっぱいになった。

すると、彼は言った。

「自分が悲しくて泣いてるんじゃねえよ。あいつがあわれで泣けてくるのさ。かわいそうになあ。なんて寂しい人生なんだ」

そして、涙をぬぐい、鍬(くわ)をとると、ちっぽけな畑に入っていった。井戸のポンプを押して、水を汲(く)むのをぼくたちにも手伝わせてくれて、夕方になると、ハチミツつきのパンをくれた。ぼくたちは上の道から家に帰った。家に着くと、おもしろい話や噂話(うわさばなし)が得意な女中のアカシアに、マテオ・アルフォンソの家でその日見聞きしたことを話した。彼女はぼくたちの話にじっと耳を傾け、ほかの女中たちに話しに行った。ぼくたちは台所についていった。夕飯の支度の時間、煮炊きしながらおしゃべりの花が咲く。台所でとびかう話を聞くのが、ぼくたちは大好きだった。

「聞いとくれ、善人っていうのは、ああいう人のことをいうんだろうね」アカシアは、両手を胸に置いてそう言うと、悲嘆にくれていたマテオ・アルフォンソの話をした。

「たしかに」料理番の女中が言った。「村じゃみんな言ってるよ。マテオ・アルフォンソはなんという十字架を背負ってるんだろうって。聖人そのものだよ。あの毒蛇が死んだら、幸せになるだろうにね」

「ほんとだよ。今晩にでも死んじまえばいいのに」アカシアはそう言ってから、悔いるように十字を切った。

その日から、ぼくたちもマテオ・アルフォンソの奥さんが死ぬことを願うようになった。寝る前にそうお祈りさえした。

そしてある日——春が終わろうという頃だった——、前日の午後、奥さんが死んだのを知った。

「アルフォンソさん、喜んでるだろうな！」ぼくたちは言いあった。

「ハチミツをくれるかな。プラムも」弟が言った。

マテオ・アルフォンソの家は、お祭り騒ぎになっているものと思っていた。ところが、ドアは閉ざされ、戸口の前には黒いショールをはおった二人の農婦が座っていて、ぼくたちを中に入れてくれなかった。風が梨の木の葉をゆらし、川の泥と葦の匂いを運んでいた。ぼくたちは石垣の後ろに隠れて、農婦たちがいなくなるのを待った。けれども無駄だった。

まもなく賛美歌が聞こえて、ぼくたちは石垣にのぼった。学校の子どもたちと神父と、十字架を持った侍者の少年と、担架をかかえた男たちが列になって家に入っていくのが見えた。

それから、青く塗られた木の棺が運び出された。棺の真ん中には、石灰で白く十字架が描かれていた。その後ろを、黒いよそゆきのスーツを着て、ベレー帽を手に持ったマテオ・アルフォンソが歩き、女性や子どもたちがあとに続いた。

葬列は橋を渡り、川むこうに去っていった。ぼくたちは、マテオ・アルフォンソは喜んでいるものと信じて疑わなかったが、見ていると胸がしめつけられた。水に人影が映り、川のくぼみに子どもたちの歌声がこだまして、教会の中のように響いた。ぼくたちは石垣からおりて、家の前でマテオ・アルフォンソが帰ってくるのを待った。ドアが閉まっていたので、家の前の石に座っているしかなかった。

日が傾きかけたころ、マテオ・アルフォンソは帰ってきた。道を歩いてくるのが見えると、ぼくたちは立ち上がって、待ちうけた。

彼はぼくたちを見ると足をとめ、いつもの悲しげな目でこちらを見た。赤く泣きはらした目だった。

「おじちゃん」弟が、ちょっとおどおどと言った。「ハチミツをくれる？」

どこかようすがおかしい気がして、みな黙ったままだった。彼の顔には、これっぽっちの喜びもなかった。

彼は無言のまま、大きな鉄の鍵をさしこんでドアをあけた。ぼくたちは台所までついていった。台所ではおき火が燃えていた。彼は、考えこむようにぼくたちを見てから、とうとう言った。

「ああ、ハチミツでもプラムでも持っていきな。なんでも、好きなだけやろう」生気のない、どこか遠くから響いてくるような声だった。

そして、物入れからハチミツがなみなみと入った大きな壺（つぼ）を出してきて、ぼくたちにさしだした。それから、パンとスプーンを出して、言った。

「果物も、好きなだけもいでいきな」

「畑を掘ったり水をやったりしてもいい？」

弟が期待をこめて、おずおずとたずねた。

「いいさ、いいさ」そう言うと、彼は寂しくほほえんだ。「なんでも、好きにしな」

ぼくたちは、ハチミツをぬったパンをむかむかするほど食べた。畑に行って、プラムやりんごをもいだ。それから泥だらけになって、好き放題に水をやり、畝をめちゃくちゃにした。

気づくと暗くなっていて、ぼくたちは怖くなった。家の中からは物音ひとつしなかった。そろそろと中に入ってみると、マテオ・アルフォンソはまだよそゆきの服のまま、火の消えた暖炉の前に座って灰を見つめていた。わきに、大きな布にくるんだ服の包みがあった。ぼくたちを見ると彼は手招きをした。

「おまえたち、なんでも好きなものを持っていきな。好きなだけ、持っていっていいぞ」

ぼくたちはどうしていいかわからず、あたりを見回した。

「わしは行くよ。もうこの世ですることは何もない。何ひとつ」

そして再び、ぼくたちは彼が泣くのを見た。

気の毒な気持ちと、戸惑いと恐怖が湧いてきた。兄が駆けだして、ぼくたちもあとに続いた。

息をきらして、家にたどりついた。けれども、ぼくたちは誰にも何も言わなかった。

翌日、台所でみなが話しているのを聞いた。

「信じられるかい？　かわいそうに、マテオ・アルフォンソは生きる屍だよ。『もうおしまいだ。わしは終わりだ。もうこの世ですべきことはもう何もない。どうか達者でな』と言ったんだと」

マテオ・アルフォンソは、老人ホームに入れてもらうつもりで、家の鍵を村の助役に渡し、その朝、路線バスで町へ旅立ったのだった。

川

El río

ドン・ヘルマンは小柄ででっぷりとし、赤ら顔で目がぎらぎらしていた。もうずいぶん長く村の学校の教師をしていて、前に子どもを殴り殺したことがあると言われていた。わたしたちはそういう話を、肌寒い秋の日に村の子どもたちから聞いた。夕べの冷気に背中をぞくぞくさせて川辺に座り、日が沈んでいくサグラドの山を仰ぎながら。

泥や石を投げあったり、追いかけっこやけんかをしたり、ひとしきり乱暴なことをして遊んだあとは、悲しくて怖い話の時間だった。あたりが冷えこんでくるにつれて、もの悲しさや不気味さが増していく。わたしたちはビンゴ家の小作人頭のマキシミノ・フェルナンデスの子たちと友だちになった。彼らは、冬は学校に行き、夏は畑で働いていたので、兄弟げんかをしたり、わたしたちと遊んだり、自由にできるのは、十月初めの数日と夏の終わりだけだった。学校の教師のドン・ヘルマンのことや、そのひどい仕打ちのことをわたしたちに話したのは彼らだった。中でも、上から二番目のドナートという男の子の話は、わたしたちを最も強くひきつけた。

「ドン・ヘルマンはいちんちじゅう酔っぱらってるんだ。酒場にいりびたって、ワインをがぶがぶ飲んでさ。学校でも赤ワインのにおいをぷんぷんさせてて、近よれやしない。そんで、いきなり誰かをぼかぼか殴りだすんだ。俺だって、こんなふうにつかまれて」そう言って、右手で自分の前髪をつかんでみせた。「ひょいと、小鳥みたいにもちあげられちまう」

ドン・ヘルマンの話は、まだまだ尽きなかった。恐れて、忌みきらっているはずなのに、その口ぶりにはある種の感嘆も感じられた。彼らによれば、ドン・ヘルマンは村の少年を棒で殴り殺したことがあった。それを思うと、彼らは神妙で用心深くなるのだった。

その年、わたしたちはいつもより長く田舎にいることになって、十月半ばになっても、まだ村に滞在していた。黒く湿った大地も、アルミのように輝く空の下で響く、種を蒔く農夫たちの声も小気味良かった。わたしたちは大地を愛し、町に戻るのが遅れたのを喜んだ。そんなわけで、ビンゴ家の小作人頭の息子たちとの一時的な友情は前より固くなり、いつまでも続くようにさえ思われた。

ドナートは次男だったが、人の心をつかむ不思議な才能があり、わたしたちはみな彼についてまわった。十二歳だが、背丈は十歳にしか見えない。やせていて無愛想で、灰色の目は射るように鋭かった。声がかすれているのは、小さい頃にジフテリアを患ったせいらしかった。ドナートは夕方口笛を吹いて、川におりるよう、わたしたちを誘った。わたしたちはこっそりと、裏口から外に出る。台所の裏は菜園につながっていた。それから石垣をとびこえ、葦の生えているほうへと、土手を駆けおりる。そこに、子どものころのわたしたちの一番の友だった川があった。

川は、石垣のむこう側を、絶え間ない水音をたてて流れていた。ところどころ苔むした岩の間に、深く暗い淵があり、ほどんど黒に近い深緑の水をたたえていた。岸辺には、ジプシー葦やポプラが生え、蛇がいて、黄色や白や青や赤のちっちゃな太陽のような、見たこともない草花が咲いていた。ドナートが低いかすれた声で言うには、その奇妙な、秘密めいた名前の花々の茎には毒があるとのことだった。

「これを噛んだら、お腹が石みたいに固くなって、熱が出て死ぬんだぜ」

「これを枕の下に入れて寝たら、目が覚めなくなる」

「はだしのままでこの草の匂いをかいで、いとこのハシントは朝になると死んでたんだ」

葦のあいだにかがみこんで、そんなふうにドナートは語った。最後の夕明かりをうけた小さな瞳を、金色がかった緑の二つの丸い水滴のように輝かせて。ドナートが言うには、川底には、どんな怪我でも治せる軟膏や犬の薬になる魔法の草が生えていて、沈んで石になった、ちっぽけな船の残骸があるとのことだった。

川での、恐ろしくも心躍ることのひとつは鱒釣りだった。ドナートと兄弟たち——ときには、わたしたちも——は、夢中になった。正直に言うと、わたしはバーベル一匹とれた試しがなかったが、マキシミノ・フェルナンデスの息子たちが、冷や冷やするほど長いこと水の中に姿を消してから、ぴちぴちはね、日を受けてきらきら光る鱒を口にくわえるか、手ににぎるかして現れるのを見るのはわくわくした。どうやったらそんなことができるのか、見当もつかず、わたしは不安と同時に称賛の気持ちでいっぱいになった。ドナートは、浅黒く固い指を魚の鰓の中につっこんでぐきっとひねり、止めを刺した。指を血だらけにして、顔に赤黒いしぶきをつけて、にやっとする。それから、川柳の枝を自分で編んで作った籠に、草をしきつめて鱒を入れ、祖父に売りにいった。わたしたちは絶対に鱒を食べなかった。見るだけで、お腹のあたりによくわからない何かがせりあがってきた。

あるひどく寒い午後、ドナートはいつもの口笛でわたしたちを呼んだ。行ってみると、彼しかいなかった。みんなはどうしたのかと、兄がたずねた。

「来ないよ。まだ学校」

確かに、その日はいつもより時間が早かった。

「ドン・ヘルマンに追いだされたんだ」へんな笑い方をして、ドナートは言った。それから、石垣の上に座った。湿っぽく雨もようだったので、彼は、着古した厚ぼったい上着を着て、胸のところを大きな安全ピンでとめていた。

「臆病者めが、へどがでら」吐きすてるように言った。地面を見つめる目をおおうまぶたは、泥を塗りつけたように、妙に黒ずんでいた。「見てろ、ただじゃおかねえから。棒で殴りやがったんだ。ほら、こんなになるまで」

彼は、ぱっと上着を脱いで、破れたシャツの裾をまくりあげた。背中には、真っ赤な筋が何本もついていた。兄は気色悪がって、顔をそむけた。（兄はドナートにあまり好感を持っていないと、わたしは勘づいていた。けれども、わたしは魅了された）。

兄は、石の上をぴょんぴょん跳んではなれていき、ドナートは地面を棒で叩き始めた。

「これはドン・ヘルマンの頭だ。そら、ここに脳みそがある。どろっと出てくるぞ」

ドナートは憤っていた。白っぽくなった頰骨と唇で、それがわかった。わたしは激しい悪寒を覚えながらも、彼の言葉を聞かずにいられなかった。

「体じゅうに、ワインが詰まってるんだ。みんな知ってるぜ、ワインだらけだって。切ったら、腐ったどす黒いワインがふきだすんだ」

日曜日の朝、教会でドン・ヘルマンを見かけたことがあった。そんなふうに聞いていたので、見ると怖くなった。

わたしはドナートに身を寄せて言った。

「村じゅうで嫌ってやればいいのに……」

ドナートは、わたしの心を見すかすようにこちらを見て、にやりとした。

「とっくに嫌ってるさ」そのかすれた声は、ふいに子どもの声ではなくなった。「おまえに何がわかるんだよ！　俺らは夜明けから日が暮れるまで畑を手伝わされてるんだぞ。いちんちじゅう。で、やっと楽になれたと思ったら、あいつがいるんだ。学校で、俺らを殺そうとしやがる」

「殺したりしないでしょ」わたしは怖くなって言い返した。

彼は、またにやりとした。

「殺すんだよ！　殺すんだ！　あいつの腹ん中には、死んだ子どもが詰まってるんだ」

ドナートはいつもそんな言い方をしたが、ただ言ってみせているだけなのか、本気でそう思っているのかは、定かでなかった。けれども、彼自身は、自分の暗い思考をよくわかっていたに違いない。石のように動かず、川を見つめていたあの時には間違いなく。

ドン・ヘルマンが肺炎で死んだのは、その一週間後のことだった。埋葬されるのをわたしたちは見た。新しい墓地まで、棺が担がれていった。彼が棒で殴った子どもたちが、小石を蹴り蹴り遺体のあとに続き、長い連禱を唱和した。山から山へとこだまが運ばれていった。墓地の入り口で、やせこけて悲しげな目をした年老いた白馬が、草をはんでいた。その馬のそばで、青い顔をしたドナートが、目を閉じて塀にもたれていた。ドナートだけは、教師のために讃美歌を歌っていなかった。兄がそれを見て、わたしを肘でつついた。わたしはなんだか気分が悪くなった。

ドン・ヘルマンが死んでから、ドナートは独特の口笛でわたしたちを呼びにこなくなった。ほかの兄弟たちはいつものようにやってきて、一緒に川におりて、戦いごっこをした。学校が休みになったので、村の子たちは大喜びだった。太陽がいつもと違う輝きをはなっているかのようだった。

嵐のあとなので、川は水かさが増し、赤茶色の水が流れていた。

「ドナートは来ないの?」わたしはたずねた。(『来ないほうがいいよ。あいつは黒鳥だから』と兄は言っていたけれど)。

「くだしてるんだ」長兄のタノが答えた。(「くだしている」とは、腹具合がよくないということだった）。

「何も食べないんだよ」妹のファニータが言った。

土砂降りの雨になった。三日間、わたしたちは家から出られなかった。朝から晩まで真っ暗な空を稲光が切り裂いた。川があふれ、石垣の一部を崩し、草場と祖父の菜園が水につかった。

大雨の最後の日に、ドナートは夜、家を抜けだし、川に行った。出ていったのは誰も見ず、明け方になって初めて、長兄のタノが、鎧戸（よろいど）がバタンバタンいう音を聞いた。ドナートの開けた戸が、壁にあたる音だった。そのとき、ベッドの、ドナートが寝ているはずの場所がからっぽなのにタノは気づいた。彼は怖くなって、何も言わずシーツをひっかぶり、やがて日差しがさしこむまでそうしていた。（あとになって、震えながらそう語った）。

ドナートが見つかったのは二日後だった。下流の、リオハに近い村まで川に運ばれ、裸の体はふくれあがっていた。けれども、その不吉な浅黒い水死体があがる前に、うす汚れた学習ノートにへたくそな字で書かれた手紙が見つかった。

「ぼくがドン・ヘルマンを殺しました。ねつのでる赤い花と、きずができる黄色い花と、えいえんのねむりをさそう花をワインにまぜました。さよなら、神父さま、ぼくはいけないことをしました。神さま、人殺しのぼくをゆるしてください」

店の者たち

Los de la tienda

海風が、掘立て小屋の立ち並ぶ平地の白っぽい土を巻き上げていた。右手にはごつごつした岩山があり、左に行くと、ガス灯や空き地を囲った塀がある町はずれに出る。それから、じっとり湿った滑りやすい石畳のうす暗い路地、飲み屋、揚げ物屋、食料品店。漁師町が始まり、聖ミゲルと聖ペドロの礼拝堂がある。そして、海。晴れた朝には、平地の掘立て小屋まで、礼拝堂の鐘の音が届いた。

食料品店は、その世界の中央にあった。掘立て小屋と、漁師町をつなぐ道のちょうど真ん中に。それほど大きい店ではなかったが、必要なものはなんでもあった。腸詰め、缶詰、ろうそく、石けん、箱入りのビスケット、チーズ、バター、ヘチマ、ほうき……。そういった商品はすべて、黒光りした木のカウンターのまわりの棚にきちんとおさまるか、ピラミッド形に積みあげられていた。カウンターの後ろには、エセキエルと妻のマリアナと養子の息子の住まいに通じるドアがあった。

自分の子を持てないとわかったとき、夫婦はマリアナの田舎から男の子を連れてきた。ディオニシオという名で、マリアナの死んだ兄の子だった。義姉は貧しく、まだ下に幼い子が四人もいたので、里子に出すことにすぐに同意した。今も時おり、語間が異様に広くあいた大きな文字で、畑のことや弟たちのこと、日々の苦労などをしたためた短い手紙を息子に送ってよこす。田舎を出たときディオニシオは六歳で、エセキエルとマリアナの子になって六年になる。母親のことは、悲しげなぼんやりとした印象しかなかった。故郷のことも、ポーチをめぐらした家々や広場や、湿った土のどことなく酸っぱい心地よい匂いがする春の畑の記憶があるだけで、今はすっかり、店のパプリカや石けんやスパイスの匂いになじんでいた。それから、掘立て小屋の建つ平地の白く乾いた土埃(つちぼこり)を舞いあげる潮風に。

ディオニシオは小遣いをもらっていなかったが、エセキエルはつねづね、そのうち店はほかでもない、おまえのものになるのだからと言っていた。ディオニシオは、エセキエル同様よく食べた。養父のように、顎(あご)や口のまわりを脂でべとべとにしてがつがつ食う。午前と午後のおやつには、養父と同じく生ハムやソブラサダ〔マヨルカ産のオレンジ色のペースト状のソーセージ〕やチーズやマルメロゼリーをはさんだ大きなボカディーリョ〔切れ目を入れたフランスパンに具をはさんだサンドイッチ〕を作った。ディオニシオは、いつでも食べたいだけ食べられた。しかも、七時から九時までは、つんとスミレの匂いがする香水をたっぷりふりかけて、店用の上っぱりを脱いで簿記の学校に通っていた。

ディオニシオは何もほしいものはなく、それで万事順調なはずだった。掘立て小屋のガキ大将マノリートと子分たちさえいなければ。

やせて日に焼け、よく笑うたくましい子どもたちは、ディオニシオを魅了した。彼らは、掘立て小屋の裏手の空き地に集まり、秘密を持ち、荒っぽい魅力的な遊びに興じた。マノリートたちを見て、ディオニシオは友だちというもののことを考えさせられた。友だち、遊び、冒険。どれをとっても、ディオニシオには未知のものだった。

エセキエルの店は、掘立て小屋の住人にとって憧れであると同時に憎むべき存在だった。ディオニシオは少しずつ、それを理解していった。店はツケを受けつけなかった。店は必要だ。店には必要なものが何もかもある。だが、現金がなければ、何も手に入らない。(掘立て小屋の住人は、当然現金でしか買えなかった)。

「いいか、ディオニシオ」エセキエルは声を落として言いきかせた。「マルセリーノの旦那やアスンシオンの奥さんはツケでもいい。金持ちだからな。だが、掘立て小屋の連中はだめだ。貧乏人だからだ。これは絶対忘れるな」

ディオニシオは、はじめはどこかおかしいと思ったが、そのうち納得していった。そして、どうして掘立て小屋の子どもたちが自分に冷淡なのかも理解した。前に午後、彼がパンにソブラサダを塗っているときに、マノリートが何かを買いにやってきたことがあった。彼は親指を使ってソブラサダをパンに塗り広げようとしていた。親指は、百グラムのチーズを切ろうとしたときに切って、汚いばんそうこうが巻いてあった。額がむずむずする感じがして彼が顔を上げると、こちらを見ているマノリートのどんぐりまなこが見えた。汚らしいばんそうこうを貼った彼の親指と、ソブラサダを塗りつけたパンをじっと見つめている。きまりが悪くなって、彼はマノリートに背を向けた。エセキエルはその間にも、何がいるのかと無愛想にたずねた。

「塩一袋と……」マノリートが言った。

エセキエルは、冷ややかに確かめた。

「金は持ってきただろうな？」

そう、掘立て小屋の子どもたちに、彼は好かれていなかった。たぶんだからこそよけいに、仲間になりたかったのだろう。ことに夏になり、彼らが浜辺に降りて、明るい太陽のもと、大声ではしゃぎながら水遊びをしているときは。けれども、好かれていないのは、明らかだった。たまに仲間に入れてもらっても、家に帰りついたときにはあれこれ考えさせられて、その夜は寝つかれなかった。

ある日、エセキエルはディオニシオに二十ドゥーロ〔スペインの旧通貨で百ペセタのこと〕を与えた。二十ドゥーロは、まるで二十の太陽のようだった。というのも、ディオニシオはずっとこうねだってきたからだ。

「お父さん、ぼくのポケットはいつも空っぽだよ。お父さん、ちょっとでいいからお小遣いをちょうだい。無駄遣いしないから。学校の子たちはみんな、いつも持ってるよ……」

エセキエルは、首を横に振るばかりだった。

「金はだめだ、ディオニ。言っているだろう、この店はそのうちおまえのものになる。腹いっぱい飯を食わしてやっているし、あくせく働かせてもいない。ほかに何がいるというんだ」

こうさとされると、ディオニシオはどうこたえてよいかわからず黙りこんだ。(「見せびらかしたいんだ」と、言えばよかったのだろうが、もちろんそんな勇気はなかった)。

ところが突然、ある朝、店の掃き掃除をしていたら、エセキエルが話しかけてきたのだ。

「これで気がすむだろう。だけど、無駄遣いしたら承知しないぞ。どこかにしっかりしまっておけ。見えないところにな」

二十ドゥーロ。そう、いきなりお札を一枚くれたのだ。ディオニシオは息をのんだ。

「ありがとう、お父さん……。すごいや!」

「だが、無駄遣いするな。わかったな!」

ディオニシオは、言われたとおりしまいこんだ。ほんとうのところ、マノリートの仲間になること以外に、望むことは何もなかったのだ。

タンスのシャツの間にお金があると思うと、それだけでディオニシオは胸が躍った。もらってから数日は、取り出して何度も眺めた。そうしていると、前に読んだ、しまった金をなでている欲ばりの物語を思い出したが、それでも満足の笑みがもれた。

思いがけないことが起きたのは、それから少なくとも半月か二十日後のことだった。ある月曜の夕方、店を出たディオニシオは、学校をさぼって、平地のほうに歩いていった。夏が近づき、波立つ海面で太陽がきらきらとまぶしく輝いていた。掘立て小屋の近くまでくると、騒々しい声が聞こえてきた。わっと駆けていく子どものあとを追って、彼も走りだした。

騒ぎの中心はマノリートの家だった。鳶職をしているマノリートの父親が足場から落ち、肋骨三本と片脚を折ったのだった。父親は病院に運びこまれ、母親が泣き叫びながら外に出て、近所のおかみさんたちに囲まれていた。マノリートはみんなから離れた片隅で地面に座りこみ、青ざめた堅い顔をしてポケットに手をつっこんでいた。ディオニシオは気の毒でたまらなくなった。駆けていき、マノリートの前に立って顔を見つめた。何か言いたかったが、なんと言えばよいかわからなかった。とうとうマノリートが目を上げた（ボカディーリョを作っている彼を見た、あの日のように)。その黒い瞳を前にすると、ディオニシオは言葉を失った。

「帰れよ、ブタ!」マノリートが吐きすてるように言った。「帰れったら」

ディオニシオは、背中やえり首にマノリートの悲嘆の深さを感じながらのろのろとひきあげた。

その夜、彼は心を決めた。犠牲だとは思わなかった。翌朝、いつもより早く起きて、店の手伝いの前に裏口から外に出て、掘立て小屋のほうに向かった。ポケットにつっこんだ手に二十ドゥーロ紙幣をにぎりしめて。

マノリートの家に着いたとき、心臓が喉元(のどもと)でドクンドクンと鳴っているようだった。

「マノロ」震える声で呼びかけた。「出てきて、マノロ。渡したいものがあるんだ」

マノロが出てきた。半裸で、目がまだとろんとしている。妹と二人の弟も顔をのぞかせた。

「お母さんはいないの?」ディオニシオがたずねた。

マノリートは肩をすくめた。その唇は侮蔑(ぶべつ)でゆがんでいた。

「母ちゃんは病院に決まってんだろ!」

ディオニシオは、体じゅうの血が顔に集まる気がした。

「マノロ、あのね……、ぼく、言おうと思って……、あのね、これ、ぼくがためた小遣いなんだ。だけど、いるなら貸してやるよ。返すのはいつでもいい、べつに急いでないし……、返してくれなくたっていいんだ」

そう言って紙幣を差しだした。マノリートは、汚れた黒い小さな口を半開きにしたまま、じっと動かなかった。ガラスのような目で、じっとお札を見つめている。泥だらけのやせた手がそろそろと伸びてきた。ディオニシオは、その手のひらにお金を置くと、駆けだした。

店に戻ったとき、心臓がずきずき痛んだ。エセキエルに首をはたかれた。

「どこをほっつき歩いてたんだ。ぐずぐずしないで、さっさと店を掃け」

ディオニシオは午前中ずっと、夢の中にいるようだった。入り口のドアベルが鳴るたびに、脚ががくがく震える気がした。

マノリートは夕方になってやってきた。夕日を背に、小さなシルエットが店の入り口に浮かびあがった。ディオニシオは心臓がドキンと大きく打ち、マノリートの脚はなんて細いんだろうということしか考えられなかった。ぜんぜんガキ大将には見えない。ただの小鳥、悲しげな迷子の小鳥のようだった。

エセキエルは、不審そうにその姿を見た。マノリートは、ゆっくり、はきはきと注文していった。米、砂糖、油、ろうそく……、途中で例のごとくエセキエルがさえぎった。

「おい、金は持ってきただろうな?」

「金」と言うときに、エセキエルは親指と人差し指の腹を擦りあわせた。マノリートはうなずき、堂々とこたえた。

「うん、持ってる。だから、あと……」

耳の中で何かがジージー鳴っていて、ディオニシオはそれ以上聞いていられなかった。へんな甘いものが喉につきあげてきた。マノリートに見られないように、どこかに隠れてしまいたかった。膝をがくがくさせながら、カウンターの後ろのコカコーラの空箱に座りこんだ。そこからは、まだ疑わしそうに品物をカウンターに並べていくエセキエルしか見えなかった。

マノリートは、二十ドゥーロのお札を出して支払った。ディオニシオのところから、エセキエルの手が見えた。赤らんで爪が割れている。その手が紙幣をつかんだ。彼の二十ドゥーロ札を。そして紙幣を触り、持ち上げて日にかざした。

「出ていけ、ごろつきめ!」怒鳴り声が響いた。「蹴とばされたくなけりゃ、今すぐ出ていけ!」

ディオニシオは、ゆっくりと目をしばたたいた。積みあげられたビスケットの箱の間から、夕日が細くさしこんでいる。太った黒いネズミが一匹、石けんの山の後ろを駆けぬけた。

「出ていけと言っているんだ。俺の目をごまかせると思っているのか。こんなことだろうと思ったよ。こんな汚ねえ偽札をつかませやがって」

エセキエルは、まだまだ毒づいていた。ディオニシオは立ち上がって、カウンターのむこう側を見たかった。だが、店の匂い——胡椒(こしょう)、石けん、スパイス——の中の何かが、煙のように喉と目にからみつき、頭がぼうっとなり、膝は綿になったように力が入らなかった。

そのあと、店の入り口にぶらさがったベルの音が聞こえた。とうとうマノリートが立ち去ったのだった。

月

La luna

彼らが住む町の一角は、石炭で黒く染まっているようだった。黒ずんだ赤煉瓦の塀。踏まれてひび割れたむきだしの地面。けれども、上のほうにある彼らの部屋にはボティタスがいた。仕事の合間や休憩時間——往々にしてそれは仕事よりつらく、耐えがたかった——に、彼らは何度もボティタスのことを思い出してほほえみ、しばし遠くに目をやった。そして、そこにはない木の梢を吹き抜ける風や、遠くで飛び交う小鳥のさえずりを想像した。

彼と彼女は、夜遅くなって仕事から帰宅した。ボティタスは上のほうにある住まいの窓から、屋根のむこうに見える空き地や、風が舞いあげる土埃を見ながら、勇敢にも一人で留守番をしていた。好きなことをして遊びながら。というのもボティタスは望むものはひとつ残らず持っていたからだ。彼と彼女は映画にも喫茶店にも丘の上の売店にも行かなかった。けれどもボティタスには、ねだるものをなんでも持たせてやった。人（ぶつかったり避けたりしつつ、共に日々を送っているよその人々）が、彼らのやり方を批判しているのはよくわかっていたが。

「そんなに甘やかして……」と、言われたものだった。

だが、実際そうなのか、彼らにはわからなかった。甘やかすとはどういうことだろう。ボティタスは成長し、アスファルトの歩道に落ちる雨粒のように軽やかにちょこちょこ歩いた。ボティタスはやせっぽちで、黒いやわらかい髪が、額にかかっていた。ボティタスは彼らのほうへ両手をのばした。そうやって手をつないで、時には二人の間にはさまって丘をのぼった。ボティタスはよくおねだりをした。雑草を刈られた空き地に咲いた一輪のマーガレットのように唐突に、その小さな愛らしい口でたくさんのものを。

「ジプシーじゃあるまいし、ねだられたからってなんでも与えるものじゃないよ……」

彼と彼女は、そうは思わず、夜、声をひそめて二人でこう言い合った。

「この子はりっぱな人になるよ。きっと重要な人物にね」

ボティタスは運命を感じさせる救世主の顔、将来を約束された顔をしていた。銀の顔、大きな世界の顔、はるかかなたを思わせる顔を。それは、黒ずんだ煉瓦と煤(すす)とセメントとすえたすっぱい匂いの中で、彼と彼女がつねづね切に願ってきたことだった。働きながら休みながら、静かな無機的な夜に、いつでも上に行くことを願ってきたのだ。ボティタスは、ねだるものをすべて持っていた。

ある晩、彼女は目を覚ました。仕方がない。起きないわけにいかなかった。彼女はそっと彼をひじでついた。二人は目をやった。ボティタスがベッドから起き上がり、窓辺でつま先だって空を見上げていた。特別な光、白か緑か、それとも金色の光がさしている。いったいどうしたのだろう。

「お月さまがほしい」ボティタスが言った。

彼はのろのろと起き上がり、ねぼけまなこで、工場に行くときの靴をさがした。

「お月さまはとれないよ」

「お月さまがほしいよう」ボティタスがくりかえした。

彼女も起き上がり、上着を羽織った。窓辺に行くと、二人の目の前に青白い夜空が広がっていた。

「お月さまはとれないよ」彼はくりかえした。ほかにどう説明すればよいかわからなかったから。

「お月さまはとれないのよ」彼女も言った。彼女は、彼の言葉をくりかえすのが常だった。

「お月さまがほしい」ボティタスはまた言った。

どこか遠くから聞こえてくるような、小さいが、よくとおる声だった。幸せな時の声、美しいすばらしい予感と、成就された物事の声。

「なら、とれるかどうか、見ててごらん」彼が言った。

そして、パティオにのろのろと降りていき、壁にたてかけてあったはしごを肩にかついだ。

ところが、はしごも、その謎めいた月明かりを浴びていて、彼は胸の中が冷めたくなった。ぐったりして部屋にもどると、彼は窓にはしごをたてかけた。彼女が両手でおさえ、彼は一番上まで、ぐらぐらするはしごを登っていった。そして、てっぺんにつくと、空に向かって手をのばし、指を広げた。その手は、悲嘆にくれた黒い花のように、青い夜空にくっきり浮かびあがった。

「ほら、お月さまはとれないだろう」そう言って、彼ははしごから降りた。

しかし、ボティタスはなおもせがんだ。

「お月さまがほしいよう」

彼は深い悲しみをこめてボティタスを見てから、彼女に言った。

「きみが登って、届かないと見せてやっておくれ」

そこで今度は、彼がおさえるはしごを、彼女が登っていった。

「ほら、お月さまはとれないでしょう」

そう言って彼女も降りた。ふいに二人はうちのめされ、肩をよせあいながら、黙ったままのボティタスを見た。明るい怪しげな月明かりがあたりを包んでいる。

　ボティタスははしごに歩み寄り、二人の目の前でゆっくりと登り始めた。裸足(はだし)の細い脚、風にはためく白い寝巻き。髪は黒い星のように、夜の中で青みをおびている。彼が登ると、はしごはどこまでもはてしなくのびていった。煌々(こうこう)と輝く丸い球に向かってその姿は遠ざかり、小さくなっていった。しまいに、ありえないほど小さな点が、月の船にとびうつるのが見えた。

　黒く、ぽつねんととり残されたはしごは、彼らの目の前で縮んでいった。それはさっきのただのはしごで、そこには誰もいなかった。

「走れ！」彼が言った。「船を追うんだ！」

　空の上では、月がこまのようにくるくるとまわりながら町の北部へ動き始めた。あわてて彼は道具類をつかみ、彼女はバスケットにパンと水さしを入れた。不安にかりたてられながら、二人は階段を駆けおり、外にとびだした。

　街路は、月明かりに満ちていた。煉瓦には、運命の印のように新たな凹凸があった。干上がった小川の河床が足の下できしんだ。ずっと空を見上げながら二人は駆け続けた。空の上では、彼らのボティタスを乗せた船が、星屑(ほしくず)のきらめく広大な海を進んでいく。

「あっちだ」彼が指差し、彼女が続いた。

彼らは眠る町を駆け抜けた。ガス灯が輝き、遠くで酔っぱらいの声がし、飲み屋のシャッターがきしみ、夜警が杖で石畳を打つ音が響きわたる町を。

二人は町はずれに出た。思いがけない場所、そこから先は野山だった。洞穴（ほらあな）に列車強盗が住み、ぬめぬめと光る黒い川が真ん中をつっきって流れ、ごろごろ石がころがっている黄色い荒れ地だ。彼らは坂をのぼり、何もない土地を走り抜けた。空では、月の船がボティタスをつれ去ろうとしている。手の届かないところへと。

夜が明けたとき、船は消えていた。二月の空には、月の船のかわりに、晴れ着を着た残酷な太陽が丸い姿を現した。

二人はくたびれはて、地面に座りこんだ。土が湿っていようが汚れようが、どうでもよかった。地平線に立つ木立も目に入らなかった。仕事の合間にながめては、いつか近くで見てみたいと憧れていた木々だったのだが。船がボティタスをつれ去ってしまったなら、船がすべてを持ち去ってしまったなら、この世になんの意味があるだろう。

二人はしばらくそうしていた。精根尽きはてた二匹の動物のようにただ息をしていた。とうとう、彼が彼女の肩に腕をまわして静かに言った。

「戻ってこないだろうな」と。

日差しが強くなり、町のざわめきが聞こえ始めた。彼らの背後ですべてが息を吹き返し、動きだそうとしている。だが、彼が小声でそう言い、彼女は美しい地面にぽたぽたとこぼれる涙を見ながらうなずいていた。

「いつも俺たちは自分たちは人とは違うと思っていた。仕事がどんなにきつくても、いつも顔をあげてほほえみ、自分たちはりっぱな人間だ、いつかきっといいことがあると信じてきた。いつでも人よりも一段上にいるつもりで、人からなんと言われようと雨か風のように聞き流し、自分の道を選んできた。どうして王と王妃のように思っていたかわかるか？ それは、あの子がこの世にいたからだ」

「王様とおきさき様。ほんとうね、王様とおきさき様みたいに」

いつものように、彼女がくりかえした。

冬の凍てつく寒さは、丸い黄色い太陽が昇ろうが変わらなかった。二人はのろのろ立ち上がり、町に戻った。自分たちは、哀れな男と哀れな女だと思いながら。

アンティオキアの聖母

La Virgen de Antioquía

午後二時ごろ、雨が降りだした。

「あーあ、きっとやまないよ」マルティナがぼやいた。

「いつかやむさ」

「そんなのわかってるよ。あたしが言ってるのは、明日も雨だろうってこと」

「明日がどうした?」

「いじわる! もういいよ」

ペドロは声をたてて笑い、木炭の袋を床におろした。額から、サンダルからのぞいた足先まで、体じゅう炭で真っ黒だ。

「じゃあ、奥様によろしく」

ペドロは紙切れを差しだした。マルティナはエプロンで手をふいて、階段をのぼっていった。

「奥様、炭屋さんです」

奥様は、うちわのむこうから顔をのぞかせた。クリーニング屋の宣伝文句と「1932」という赤い文字と、風船と長い巻毛の男の子と女の子の絵が描いてあるうちわだ。べっとり塗られたおしろいの中で奥様の青い陶器の目がきらりと光り、毛抜きで抜かれた眉の上にねっとりとした波がおりてきた。

「なんてかっこうをしてるんだい！」

うちわのうしろから、唾がたれそうな声がした。〝入れ歯をはめていないんだ〟とマルティナは思った。

「洗い物をしているところだったので……」

「もういいよ。伝票をおよこし」

奥様はうちわをテーブルに置いて立ち上がり、たんすのところに行った。

「むこうを向いていなさい！」

ギーッという蝶番の音とともにラベンダーの強い香りがして、薄紙がカサカサいう音、風に運ばれる木の葉のように何かがこすれあう音が聞こえた。かすかなため息――お金をとりだすときいつもするように――の後、奥様が言った。

「そら、おつりをちゃんともらうんだよ」

「はい、奥様」

「修道院でちゃんと教わってきたか、見ているからね。どうした、何を見てるんだい」

「奥様……」

奥様の眉、というより、眉毛のあるはずの場所にある、炎症を起こして赤らんだカーブが、くいっと上がった。

「奥様、明日はアンティオキアの聖母の日なんです」

「そうだね。それがどうした?」

「パロマの村でお祭りがあって、奥様が許してくださるなら、みんなで行こうって誘われて。パロマとあたしと、あと二人、マテオさんのところの女の子二人とで。パロマはもう一年近く両親に会ってないんです。踊りが終わったら、炭屋のペドロがトラックに、あの、パロマのいとこなので、乗せて帰ってくれるって。パロマの家でつくる聖母さまの揚げ菓子を奥様にももらってきますから。行かせてもらえますか?」

「村の揚げ菓子なんていらないね。いいから、さっさとお行き。施設からおまえをひきとって、まだ一年にもならないんだよ。役にたつかと思いきや、のみこみは悪いし、こっちがどれだけ辛抱させられてるかわかっているのかい? こないだだって、気づかないと思ったら大間違いだよ、わたしがゴミ箱に捨てたルージュを拾って塗っていただろう、その唇にさ。神様もとんだ唇をくださったもんだね。よかれと思ってひきとったのに、こんな仕打ちを受けるとは」奥様はため息をついた。マルティナがついさっき畑で切って、奥様が胸元にさしていた花が震え、かすかな甘い香りを放った。「りっぱな女性に育ててやろうってのに、なんだい、厚かましいったら」

「でも奥様、お祭りに行くのは悪いことじゃありません。パロマのご主人も行かせてくれるって……」

「主人、主人って。今日び、誰でもなれるからね」

「奥様、お願いです。奥様もよくご存知でしょう。あたしはこれまで一度もお休みをもらったことがありません。マグダレーナのお祭りのときも、お願いしませんでした。日曜日は女子修道会の日曜学校に通って、あとは家に帰るだけです。遊びに出かけたこともありません。奥様……」

奥様の陶器の瞳は、しばし動きを止めた。〝待遇は確かにひどい。手綱をしめすぎたら、この子は出ていくかも……〟。

「まったく、今どきの若いもんは気がしれないよ！」

「奥様、奥様はいつもパロマはいい子だ、身ぎれいだ、お手本にしなさいって言っているじゃないですか。あのパロマと行くんです。何も悪いことはしません」

「何をするつもりだね？」

そのとき、ふいに雨音がやんだ。日が差し、壁紙の花模様の上でゆらゆらと光が踊った。マルティナはエプロンのひもをぎゅっと握りしめた。赤いビロード張りのソファーに座っている奥様の隣に腰をおろしたくなった。

「さっき言ったとおりです。村まで歩いていって、パロマのうちで汗を流して身支度をして踊りにいくだけです。パロマの両親はパロマに会いたがっているから。夕飯を食べたら、ペドロがトラックで迎えにくるまでちょっと踊って。十二時くらいには帰るって言ってました。奥様、行かせてください」

「わかった、ちゃんと働くならね。行っていいかどうか、明日の朝言うよ」

奥様は目を閉じ、またうちわを手にとってパタパタあおぎ、ため息をついた。マルティナは、階段を駆けおりた。

「ペドロ、いいって！」

「そろそろ休ませてくれてあたりまえだよ、どケチばばあめ」

「そんなこと言わないで、悪い人じゃないよ……。はい、お金。おつりをちょうだい」

「悪くないって？　じゃ、いい人かよ！」ペドロはポケットからくちゃくちゃのお札のかたまりをとりだして、ゆっくり数えていった。「二十五、五十、これで五百。一、二、三、四、五、これで千。いいな？」

「うん。帰りはあんたがトラックで送ってくれるって言っといたから」

「気がむきゃあな」

「でもパロマが、来てくれるって言ってたよ」

「パロマなんか知らねえよ。俺は俺の好きにする。気に食わなきゃ、いつでもおろすし。ちょっとやりてえことがあるから、約束したけどな。さあ、どきな！」

ペドロは空の袋を肩にかついで、出ていった。小鳥が一羽、ピーピー鳴きながら無花果の木から逃げていった。

七時に、また雨が降りだした。マルティナの心臓は早鐘のように打っていた。九時に、すっかり雨があがった。雨に洗われ、アンティオキアの聖母の朝が明けた。台所のテーブルのように、モザイクの赤い床のように、棚の磨きあげられた銅製の食器のようにきらきらと晴れわたって。

「行っていいよ」奥様が言った。「でも、くれぐれも気をおつけ」

「はい、奥様」

マルティナは、メルキアデス家の菜園に駆けていった。パロマはそこで、ホアキンぼっちゃまのサラダのトマトを摘んでいた。

「パロマ、行っていいって！」

「よかった。じゃあ、マテオさんのとこの子たちとわたしで四時に迎えにいくね。身軽なかっこうで、布靴をはいてくるのよ。八キロちょっと坂道を歩くから」

「パロマ……」

「何？」

「テルガル〔厚い化繊の生地の一種〕のスカートでいいかな？」

「日曜日に着てるプリーツのやつ？」

「そう」

「あれか……、いいけど暑いよ。六月なんだから」

「だってあれしかないんだもん。あたし、だいぶ太ったじゃない？」

「まあね、ぽっちゃりはしてるけど」

「ねえ、パロマ」

「何？」

「ブラウス貸してくれない？　あのスカートに合わせられるの、ピンクのセーターしかないんだ。この暑さじゃさ」

「でも、あんたには小さいよ！　わたしより太いじゃない」

「ボタンをずらすから」

「じゃ、青いのを、貸してあげる」

「ほんとに？　青いのって、あの日本風の袖の？」

「そう。でも、気をつけてよ。破いたりしたら、承知しないからね」

　前の復活祭に雑貨の屋台で十二ペセタで買った小さな鏡が、窓枠に打った釘からぶらさがって揺れていた。窓を開けると、日差しを集めてきらきらきらめいた。マルティナはのぞきこんだ。丸い赤ら顔、低いぺちゃんこの鼻、左右に離れた黒い目はつやつやし、昆虫の固い羽のようだ。髪は量が多くて、ちりちり縮れてふくらみうまく櫛が通らない。奥様からしじゅう「まぬけに見えるから口を閉じなさい」と注意されていたけれど、うれしすぎて閉じられなかった。〝あと二十センチ、背が高かったらな〟。せめて、背があったらいいのに。でも、脚が短く、ずんぐりしているのはどうしようもなかった。みんながみんな、パロマみたいに金髪ですらっとなれはしないのだ。

マルティナは、ベッドの上に広げたアイロンのきいた青いブラウスに、尊敬にも似た気持ちを覚えた。着ると、けっこう暑かった。〝おしゃれ。すてき。なんてかわいいの！〟ボタンをほどいて端につけなおしたが、それでも胸ははみだしそうだった。〝十五歳なのに、大きすぎ〟。ひっぱって少し襟元を開けると、スリップがのぞいた。〝かわいい。ほんとにすてき〟。鏡をつかみ、恋をした相手をうっとり見るように、首からスカートのすそまで映していった。青い生地、白いボタン、太陽。こんなにどきどきしているのに心臓の鼓動が鏡に映らないなんて。靴墨をつけて磨きあげたハイヒールを、最後にもう一度見て、『ラ・ガセタ』紙の古新聞で包んだ。布靴をはいて、顎の下にスカーフを結んだ。玄関でパロマが呼んでいる。

「マルティーナーーー！」

なんと暑く、長い非情な道のりだったことか。日はまだ高く、気の早い六月の太陽が地面の石や、野アザミやアマポーラが咲く野をじりじりと焼いている。足首は灰色の土埃にうっすらとおおわれ、じっとりと汗をかき、蟻にかまれているように脚全体がちくちくした。

パロマの村に着いたとき、教会の鐘が晩課の始まりを告げていた。

「もうすぐそこよ！」パロマがはしゃいだ声をあげて、橋の上を駆けだした。マルティナとマテオの娘たちは息をきらしてあとを追った。マルティナは欄干につかまって、額の汗を腕でぬぐった。脇の下にぎゅっとはさんだ靴の包みがびりっと裂けている。ブラウスの脇と背に汗がにじんでいた。顔がほてっていたが、パロマが叫ぶので走りだした。

玄関を入った暗がりで、ドアの開閉とともにチリンチリンとドアベルが鳴った。しっとりした涼しさ、ワインと糞の匂い、めん鶏の驚いた目にマルティナはぎょっとなった。

「お母さん、お母さん」パロマは小声で呼びながら階段をのぼっていった。マテオの姉妹が同時に何か言って、くすくす笑った。急にマルティナは気おくれがして、胸がしんとした。上の階の居間に入ると、再びまぶしい日差しがあふれ、石灰の壁や家具に反射した。ガラスケースの中で、小さな黒い顔のアンティオキアの聖母が薔薇やカタツムリに囲まれて輝いている。赤や緑や青の紙の提灯に明かりがともり、金色の飾り帯に『慈悲深き黒薔薇の聖母さま　我らを愛したまえ』と書かれている。パロマのようにすらっとした金髪の女性がやってきて、パロマを抱きしめて体を揺すぶり、くるりと回らせて全身を見た。パロマは笑って口に手をあてた。指の間から、

「お母さん、お母さん……」と言葉がこぼれた。

母親は娘のほっぺたをいとしげに叩き、手の甲で涙をぬぐいながら言った。

「もうすっかり大人ね！　大きくなって！」

そのとき、ドアのきしむ音がして男性が入ってきた。真っ白いワイシャツを着ているが、まだすそをズボンの中に入れていない。身支度の途中だったのか、襟元のボタンもかけていなかった。パロマは山羊のようにピョンとはねて、その人の首にぶらさがった。

「ハシント、あなたの娘ですよ、すっかりりっぱになって」母親が言った。

父親はパロマを抱きしめ、長々とキスをした。そして、三人のほうを振りかえった。

「このかわいいお嬢さんたちは、友だちかね？」

「そうよ」パロマはこたえ、指さしていった。「マテオさんのところのフエンサンタとエウラリアでしょう。それにマルティナ」

「マテオって、広場の家の？」母親が両手を握りあわせた。「まあ、あなたたちのお母さんとわたしは、若い頃よく一緒に遊んだものよ。アンティオキアの聖母にも、毎年そろって出かけたわ」

「歴史はくりかえすだな」父親はそう言うと、マルティナにたずねた。

「で、きみはどこの子だね？」

マルティナは、靴の包みを脇の下に押しつけながら黙っていた。新聞の破れ目から黒いかかとがのぞいている。パロマが急いで言った。

「テレスフォラさんのところにいるの、店屋の」

パロマの母親は寝室に冷たい水の壺と、真っ白いふかふかのタオルと、まだ銀紙に包まれている薔薇の香りの石けんを用意してくれていた。四人は、ぺちゃくちゃおしゃべりをしながら体を流した。鏡にマルティナの鼻が映っている。おしろいがなかなかつかず、てかてかしている。

「マルティナ、もっとおしろいをはたいて」と、パロマが言った。

母親が、アニスが強く香る、聖母の揚げ菓子を出して、

「さあ、広場に行ってらっしゃい。音楽が聞こえてるわ」と声をかけた。

でこぼこした石畳の坂道をのぼって広場に出た。丸い広場には楽隊用の木の舞台が作られ、そのむこうにポプラの並木と橋があった。石畳の道はハイヒールでは歩きにくく、マルティナは何度もよろけた。まだ肌から石けんのいい匂いがしている。楽隊の人たちは、ワインの皮袋を回しあっていた。広場のまわりでは、ポプラの下の石のベンチに年寄りがより集まって耳打ちしあっていた。紙のとんがり帽子をかぶった子どもたちの集団が、ピーピーと吹き戻しを鳴

らしながらキャーキャー騒いでいる。彼女たちが通りかかると、子どもたちが彼女たちの服にべたべたした手をなすりつけようとした。

「こらっ！　何すんのよ！」

そのとき、空気を切り裂き、耳を聾（ろう）するけたたましい音楽が鳴りだした。回廊の柱にスピーカーがとりつけられていた。

「まだまだこれからよ。盛り上がるのは暗くなってから」パロマが言った。

四人は空が暗くなるまで、組み合わせをあれこれかえて踊り続けた。

「男の子は？」マルティナがたずねた。足が痛くて、熱くなった足の指が靴の中で爆発しそうだった。ブラウスは胸と背にはりつき、腕をひっぱられる気がした。もうへとへとで心臓が悲鳴をあげていた。

「男の子なら居酒屋よ。暗くならなきゃこないわよ……」

もうしばらく四人だけで知らない曲、難しい曲を踊り続けた。全部パソドブレ〔あまり速くない二拍子のスペインの音楽形式〕ならよかったのに。マルティナは足をひきずり、喉（のど）がからからだった。一休みすることになり、スカーフに包んできた小遣いをとりだした。オレンジの飲み物は炭酸がきつく、涙がにじんだ。居酒屋はごったがえしていて押しつぶされそうだった。酔っぱらった若者たちが、肩を組んで歌ったり踊ったりしている。

彼女たちが通りすぎると言葉をかけてきたが、何を言われたかわからなかった。

「なんて言ってるの?」

「あんなの相手にしないの、不良だから」

若者たちは大声でわめきちらし、飲んで踊っていた。一人は皮袋をふりまわし、そこらじゅうの人にワインをかけていた。目が充血し、ぼさぼさの黒い髪が額にべったりはりついている。

「祭りだからね。若いもんははめもはずすさ。今日一日だけだよ」居酒屋のおかみさんが飲み物を出しながら笑っていた。

広場に戻ると、あたりは暗くなっていた。空は、鋲(びょう)をばらまいたような星空だった。広場の照明がつきはじめた。

「にぎやかになってきたね」エウラリアが言った。「わあ、楽しみ!」

安物のアクセサリー、笛、鏡、砂糖がけアーモンド、揚げ菓子などの屋台のランプに火がともり、揚げ物とアセチレンの匂いがする。三人の若者がよろけながら近づいてきた。一人はエウラリア、もう一人はパロマの腰に手を回した。二人は踊りながら、離れていった。三人目の若者は、フエンサンタとマルティナをしばし見ていたが、フエンサンタを選んだ。

「いい、マルティナ?」フエンサンタがたずねた。

「いいよ」

「そこで待ってて。曲が終わったら、戻るから……」

「ああ! つれてくるよ」若者が、ゲラゲラ笑った。

マルティナは一人取り残され、広場を眺めていた。足が痛かった。腰も痛くて、どこかわからないが、胸の奥も痛んだ。

一曲、二曲、三曲と待った。女の子たちは誰も戻ってこなかった。マルティナは橋のほうに歩いていき、老婆たちのそばに座った。背後で、川がやさしく、遠い日のなじみの歌をうたっている。マルティナは目をつぶり思い出した。「まあ! 大きくなって!」と言っていたパロマの母親、金色の飾り帯、慈悲深き黒薔薇の聖母像、『我らを愛したまえ』という文句。マルティナは眠くて喉が渇き、くたくただった。手にじっとり汗をかいている。

そのとき、明るい広場を背景に、千鳥足でこちらに近づいてくる黒いシルエットが見えた。

「踊らない?」

立ち上がって地面に足をおろすと、またかかとがズキッとした。さっき居酒屋で、皮袋のワインをみんなにかけていた若者だった。目が炭火のようにぎらぎらし、まぶたがはれぼったい。

マルティナをひきずるようにして、歩きだした。マルティナは、毛深い腕が、帯のように腰にがっしりとまわされるのを感じた。あまりきつくひきよせられ、息がきれ、ついていくのがやっとだった。馬とワインと汗の匂いがする。マルティナは目をつぶった。すると、つまずいて転びそうになり、若者の足を踏んでしまった。若者は笑って、ますますきつくひきよせた。若者の腕は、鉄か革ひもかアザミの鉤爪(かぎづめ)でできているようだった。マルティナは息が詰まり、吐き気がした。若者は笑い、彼女の耳を唾でべとべとにしながら何か言った。ぎゅうぎゅう押さえつけてくるその腕からのがれたくて、彼女は言った。

「喉が渇いた……。ねえ、行こう、踊りたくない。喉が渇いてるの」

「は?」

「行こう、喉渇いた」

若者は手をはなし、彼女を見た。その目は、はれあがったまぶたに埋もれた、二つの赤い線のようだった。ワインのしみがついたくちゃくちゃのシャツが、ズボンから出ている。片耳に、しおれたカーネーションが一輪ささっていた。

「喉が渇いただと?」

若者は、広場の外に彼女をひきずっていき、暗い小路に入っていった。青いブラウスの上から大きな手で荒っぽく体をまさぐられ、ボタンが一つはじけとんだ。怯えとないまぜになった激しい恐怖が湧きあがってきた。

「でも、こっちにはお店はないよ」

ひきかえそうとしたが、殴りつけられた。

「うるせえ！　いいから歩け」

道は、藁小屋が並ぶ、人気のない一画に続いていた。暗く、人の目の届かない場所だ。

「ねえ、やめて……」声が震えた。

ふいに、体が冷たくなり、手が凍りついた。足の痛みさえもう感じなかった。抵抗しようとしたが、若者の腕力にはかなわない。とうとう藁小屋の壁の脇に押し倒された。月が雲間からのぞいた。夜空を見上げながら、マルティナは地面に沈みこんでいく気がした。上からは星々と意地の悪い月がこちらを見下ろし、背中の下の地面は堅く、小石がつきささる。のしかかってくる体の重み、のがれられない野獣のような愛撫、荒い息、馬とワインの匂い、押しつけられた湿った唇を感じた。何か言おうとして、マルティナはさがした。あの金の帯に刺繍されていた言葉、『我らを愛したまえ』というただひとつの言葉を。捕まえることのできない、よくわからない何かを。〝あたしはお祭りに来たかっただけ。あんなに苦労して許しをもらったのに〟。黒くつややかな夜空、流れ星、やはり黒い、六月のなまあたたかい風。〝あたしはお祭りがどんなものか知りたかっただけ。知らなかったから、でも……〟。

「おまえらどうせ、やりにきたんだろう」若者はそう言ってボタンをとめながら壁によりかかり、たぶん吐いていた。壁にうつった影が、今は巨大に見えた。

マルティナは地面から起き上がり、髪を後ろにはらった。手が震えている。不意に、月明かりに照らされた、自分の白い脚が見えた。泥だらけになった太く醜い脚。叫びが喉元で消えていった。ずっと、ずっと前から、いつも中途で押し殺されてきた、古いうめきのようなものが。

マルティナはめくれたスカートをおろし、立ち上がり駆けだした。

広場はさっきと同じだった。ますます大勢の男女がひしめきあって踊っている。マルティナは、まだ震えている腿(もも)の上で、白いテルガルのプリーツスカートのしわを両手でのばした。

「やだ、どこにいたの?」パロマの声がした。「走って。ペドロが迎えに来てるの。トラックが出るわよ」

ペドロがクラクションをブーブー鳴らして呼んでいた。道路の端に、辛抱強い動物のようにトラックの黒いシルエットが浮かびあがっていた。二人は大勢の若者がひしめきあう荷台にのぼった。若者たちは歌をうたい、カーブにさしかかると、いっせいに絶叫した。

「ちょっと、そのブラウスどうしたの？」パロマが言った。「もう二度と貸さないから」

太陽が夜を金色に染め、六時になり、七時になったが、マルティナはまだ起きなかった。

「このなまけ者！　いつまで寝てるんだい？　さあ、起きた、起きた！」怒鳴りながら、奥様がドアを開けた。

マルティナはベッドから飛び起きた。雨もりでしみのできた天井が、だんだんと光と、早起きの鳥のさえずりで満たされていくのを、明け方から見ていた。

「もう祭りには行かせないからね。何時だと思ってるんだい！」

奥様の声が、廊下を遠ざかっていく。マルティナは布靴を拾いあげた。

「近頃の若いもんときたら。遊ぶことばかり考えて。そのくらいの年頃なら遊びたかろうと行かせてやったらこれだよ」

朝日が照りつける湿った菜園に、奥様の声は消えていった。マルティナは布靴を手に、窓枠から寂しくぶらさがっている鏡に近づいた。

隣の少年

El chico de al lado

声の抑揚や、小道でいきなり巻き上がった土埃など、ふとしたきっかけで何かの記憶がよみがえることがある。重大なことか、些細なことか――どちらでも同じだ。自分にとって大事なことが、人にはどうでもいいこともある――、ともかくわたしたちの人生のかけらとおぼしきことが。

たとえば六月になると、ある少年のことを思い出す。名前も覚えていないが、隣の家に住んでいた。わたしたちの生活はぺらぺらの木の柵で仕切られていた。彼は頭頂の毛がはたきのように突っ立っていて、その姿はどこか闘鶏めいていた。けれども、歯列矯正の恥辱に辟易していた当時のわたしの目にはその髪が、赤い肌の戦士の極彩色のりっぱな羽飾りのように映った。

隣の庭には、発育不全の木が一本、黄色い砂地にたよりない影を落としていた。隣の小さな子たちがそのまわりで追いかけっこをし、乾いた土を蹴立ててキャーキャーはしゃぐ声が空気を満たした。隣には犬小屋もあったが、からっぽで――犬は老衰で死んだから――、ペンキがはげていた。

毎日、昼食のあとで、隣の子は本を小脇にかかえて、そのひょろひょろした木の影に座った。そして、これ見よがしに地面にねそべった。家族の中で一番背が高くなったところだったからだ。

「やあ……」

「こんにちは……」わたしたちは挨拶をかわした。そして、どれもほとんどがほんとうらしい、彼のする話にわたしはときめいた。ところが、彼の若い胸は、漠然とした最初の勝利感に沸きたっていたのだろう、「もうかんべんしてくれ。勉強しなくちゃならないから」と言って、いきなり会話を打ち切った。

わたしは平気な顔をよそおって離れた。三つ編みや靴下にまとわりつく苦々しさを取り繕い、平気なふりをしようとした。そして彼は、市役所の建物のように醜く重たい本のページに没入した。

彼の濡らした髪、赤い鼻、骨ばった手には、深い永遠の軽蔑が息づいていた。それは世界全体をおおいつくす軽蔑、わたしの家や、隣りあったうちの庭、わたしの家族にぶちまけずにはいられない軽蔑だった。

「親のつきあいがあるから、仕方なくおまえみたいなチビを相手にしてやってるんだからな」

とわからせたがっているのが、その声からありありと感じられた。

大きな靴でずかずか歩く彼や彼の友人たち、得意げに吸う初めてのたばこの煙。彼らの会話は、別種の人間のものだった。彼らはカントのことを〈哲学の破壊者〉と呼び、十五分に一回は〈やっかいな〉という言葉を口にした。

隣の少年は年がら年じゅう虚勢を張っていた。同じ学校に通う金髪の女の子をつれてきたときは――鞄をぶらぶらさせて、バニラアイスをなめ、足をひきずって歩き――、わたしたちのことなど知らないふりをした。

ただ六月には庭の木の下に避難して、いつも本を読みあさっていた。

その年度、彼が学年で優秀な成績をおさめたので、隣の一家は大喜びしていた。とりわけ母親は、たまたま用事があったふりをして、うちにそれを伝えにきた。そして、意味ありげに兄を見やった。兄は何もせず、日がな一日、屋根裏のアトリエで絵を描いていたからだ。

そんなふうにわたしはずっと隣の少年に憧れを抱いてきたのだが、ある日、その気持ちが説明のつかない屈辱感に変わった。彼の声を聞いても、鼻からたちのぼる紫煙や、黒い小さな目のまばたきを見ても、心を動かされなくなった。鼻を明かしてやりたいという子どもじみた願望がふくらんだ。でも、何を？　どうやって？　わからなかった。少なくとも、今はもう覚えていない。

隣の庭には貧相な木しかなかったが、うちの庭には、雪の伝説から抜け出してきたかのように青々と葉が茂った、りっぱな枝ぶりのモミの木があった。ある春の日、わたしは庭の柵のところで彼に話しかけた。

「うちの庭で勉強したらいいのに？　静かでずっと気持ちいいよ。……邪魔も入らないし」

彼の幼い妹や弟が紙のとんがり帽子をかぶって、キャーキャー騒ぎながら砂のお城を作っているほうを、わたしは意味ありげに見やった。

うちには小さな弟妹はいなかった。

隣の庭の乾いた地面は暑くなり始めている。隣の少年は、水をまいたばかりの、しっとりと湿ったうちの庭を見つめた。迷っていたのは、ほんの一瞬だった。

彼が木の柵を越えてこちらにやってきたとき、兄とわたしは思わず顔を見合わせた。青いストライプのシャツを着た彼の後ろ姿は子どもじみて、ひょろひょろした長い脚がひどくぶかっこうに見えた。肌は、きらきら光る小さな汗のつぶでおおわれている。そのとき、彼の顎（あご）にまばらにはえたひげが目に入った。わたしは吹き出しそうになって、あわててその場を離れた。

そのときのわたしたちくらいの年齢の子どもは、時にはほんの一日で、恐ろしいほど残酷になれる。

そのあとは、もう誘わなくても彼は庭にやってきた。日増しに早い時刻から、わたしたちがまだ昼ごはんのテーブルについているときにも、彼独特の口笛が聞こえてきた。

「また隣の子が来てるわ。勉強しにおいでって誰が誘ったの？」と、母がふしぎがった。

気づかずに鼻の頭に緑の絵の具をつけた兄——日ごとに無口になり、シュルレアリスム絵画を「発見した」ばかりだった——は、めんどくさそうに肩をすくめた。

その年、隣の少年は本に夢中だった。海に行けないので、毎日庭で勉強ばかりしていた。

その頃、わたしは三つ編みにしていた髪をばっさり切り、歯をしめつけていた矯正具から解放されていた。テオと呼ばれている——テオドーロだったのかドロテオだったのかわからない——兄の友だちがうちに来るようになった。彼は特別な存在だった。

彼は兄のアトリエをすっかり占領して、イーゼルというイーゼルに、バーミリオンが目につく独特の静物画を立てかけた。静物画のモデルになった果物は、残らず彼の腹におさまった。母はしまいに、彼がうちに来るときくとリンゴやバナナを急いで隠させるようになった。けれども、彼には面倒見のいいところがあり、絵画の秘密をわたしにレクチャーしてくれた。自分はルーベンスを越えると、言い放ちもした。そうなろうがなるまいが、わたしはどうでもよかった。けれども、テオの濃いめの金髪やもの静かな物腰、語尾ごとに眉(まゆ)をあげる癖に心ひかれた。そして、わたしたちは二人で庭のブランコに座って、その日のモデルの果物を一緒に味わった。

そうこうするうちに、わたしたちは海辺に避暑に行くことになった。出発前日の夕方、テオとわたしがモミの木陰でリンゴを半分こして食べているとき、隣の少年の声がした。

「明日、行くんだろう？　ねえ、明日、行くんだよな？」とたずねている。彼がどんないでたちかは、わたしは見なくても完璧に想像できた。ストライプのシャツを着て、水で髪をなでつけ、白い柵のむこうに立っているのだ。

二度、三度と、ばかげた問いに邪魔されたところで、テオが立ち上がって眉をあげ、「ちょっとひとまわりしてこようか」と、わたしを誘った。

わたしたちは外に出た。鉄の門扉(もんぴ)がギーッと大きな音をたてた。気づくと、わたしたちは手をつないでいた。

日暮れどき、かすかな風が短く切りそろえた髪をもてあそび、わたしは頬(ほお)にそれまで知らなかった毛先の愛撫(あいぶ)を感じた。

隣の少年は、柵のところにつっ立ったまま、わたしたちのほうを見ていた。

「ねえ、きみたちが海から帰ってきたときには、ぼくはもうここにいないぜ」と言う声は、やがて聞こえなくなった。彼の声も、追いかけっこをしている小さな子たちの声も、サンダルが砂を踏む音も……。でもわたしは二度、振り返って彼を見た。頭のてっぺんの毛が突っ立っている。みっともない！　彼はべつにどうでもいいというように肩をすくめた。

〝かっこ悪い！〟と、わたしは思った。彼の家の庭まで縮み、かすんでいくようだった……。

秋になって家に戻ったとき、彼は勉強のため町を出たと、彼の母親から告げられた。

わたしは時たま隣の庭に入って、あの貧相な木の下に座ってみた。犬小屋はなくなっていて、彼の一番下の弟が話しかけてきた。

「知らないの？　サン・ファンの夜に燃やしたんだ。きれいだったよ！」

もちろん若いときの愚かな思い出だ。今はすべてが違っている。

訳者あとがき

本書は、スペインの作家アナ・マリア・マトゥーテ（一九二五―二〇一四）の短篇二十一篇を集めたアンソロジーだ。

アナ・マリア・マトゥーテは、カルメン・マルティン＝ガイテとともに、二十世紀スペインを代表する女性作家で、二〇一四年に逝去したとき、バルガス＝リョサは「二十世紀のスペイン語文学における最も偉大な小説家の一人」と、その死を悼んだ。だが、日本ではほとんど無名に近く、単行本の形で翻訳出版された小説は、後述の児童文学二作品をのぞけば、『北西の祭典』（大西亮訳 現代企画室 二〇一二）一作しかない。同じスペイン語でも、一九七〇年代以降、名の知れた作品がそれなりに翻訳出版されてきたラテンアメリカ文学と比べると、スペイン文学の紹介は非常に限定的なので無理もないが、もっと紹介され、評価されてよい作家の一人であることは間違いない。

私がマトゥーテに出会ったのは、今から四十年前のことだ。大学生だった私は、卒論の指導教官だった牛島信明氏にすすめられ、三部作「商人たち」［『最初の思い出（*Primera memoria*）』（1959）、『兵士たちは夜泣く（*Los soldados lloran de noche*）』（1964）、『罠（*La trampa*）』（1969）］を卒論のテーマにした。当時手書きで仕上げた論文はコピーもなく、何を書いたのかも定かではないが、その後翻訳に携わるようになり、いつかマトゥーテの作品をという思いをいだきつつ月日が流れた。そして、十年ほど前、改めて短篇と出会った。こまやかな感受性と観察力、確かな表現力で小さな者たちの声をすくいあげた作品の見事さに目をみはり、マトゥーテへの思いが再燃した。

では、マトゥーテの短篇のどこがおもしろいのか。

翻訳を終えて改めてふりかえると、第一にあげられるのは、弱い者のまなざし、特に子どものまなざしが貫かれていることだ。

マトゥーテは、バルセロナの中流家庭で、五人兄弟の二番目として生まれたが、体が弱く、八歳のときにはスペイン北部のリオハ地方にあるマンシーリャ・デ・ラ・シエラという村（ダムに沈んで今はない）の、母方の祖父の家にあずけられた。もともとぼんやりしていて、兄弟の中ではみそっかす、学校にもなじめない孤独な子どもだったとマトゥーテは回想している。

だが、誰にもまともに相手にされない内省的な少女は、人に気づかれない場所で周囲の大人たちのやりとりに耳を傾け、研ぎ澄まされた感性と深い洞察力でまわりの世界を観察していた。

大人の世界には階級があり、持つ者と持たざる者の境界が歴然としている。彼女の祖父の家は、使用人や小作人をかかえた地方の富裕層だったようだ。だが、子どもだった彼女は、階級間の境界線を自由に行き来できた。収録作「宝物」に「台所のドアをくぐって、マルタや女中たちの王国に入るか、菜園の木戸を抜けて馬小屋におりていくと、山の世界が現実のものとなった。その境界線を越えると、すべての山の謎が解き明かされた」という記述があるように、使用人たちに混じって、地方に生きる人々を見つめた。

短篇には、村の医者や教師（飲んだくれだったり善人だったり）など、富裕層（ブルジョアというよりは、食うに困らない人々か）はもとより、女中や小作人、鉱夫といった、どうにか食いつないで生きている労働者階級など、彼女が描かなければ誰にも目をとめられることのなかったであろう名もなき人々が登場する。

そこに描かれている現実は、おそろしく過酷で悲しく、死が身近にあり、時に目をそむけたくなるくらい痛ましい。だが、マトゥーテは同情や感傷や甘さをさしはさまず、判断をくだすこともなく、淡々とそれを描く。マトゥーテ自身、「他人の皮膚の中に入るようにして書く」という言い方をしているが、まるでどの登場人物にもなったことがあるかのように、こまやかに心理を描写し、ちょっとした言動やエピソードから、人となりを浮かびあがらせる。

語り手を子どもにしている作品でも、そうでない三人称の作品でも、そこには、大人の常識にとられない、率直な子どものまなざしが感じられる。そしてそれを、リリカルで詩的味わいのある文章で彩る。救いが見いだせない切ない物語にあっても、悲しいほど美しく鮮烈な、ハッとさせられる描写が、作品に輝きと温かみを与えている。

二つ目の特徴は、これは彼女の小説にも共通することだが、リアリズムの中に空想や幻想が混じりあうことだ。

たとえば、「島」では、死んだ少年が島にのってばあやを迎えにくる。「嘘つき」の少年は、嘘をつかなければ背中に羽がはえるといわれた言葉を信じる。表題作「小鳥たち」で、木にのぼったルシアーノ少年が、鳥たちのさえずりに包まれて、空中で揺れるシーンは、まるで夢の中の出来事のように美しい。

マトゥーテは、幼い頃から父親や祖父の蔵書を読みあさっていた。アンデルセンやペロー、グリムの童話を繰り返し読み、五歳のときからお話を書いたり、書いたお話に挿絵をつけたりしていたという。学校でも家庭でも孤立していた子ども時代のマトゥーテにとって、空想は、過酷な現実を生き延びるために不可欠なものだったのだろう。

スペイン王立アカデミーに加わった一九九八年一月十八日の記念スピーチの中でマトゥーテが、「私はつねづね想像や空想はとても大切なものだと信じてきましたし、今も信じ続けています。（中略）リアリズムの物語と、想像や空想を切り離すことは私にとって困難なことです。夢や空想や謎解きは、現実の本質そのものと結びついているのです」と語っている。

ここで改めて、アナ・マリア・マトゥーテの生涯と作品を紹介しよう。カタルーニャ出身の父親とカスティーリャ出身の母親のもと、一九二五年バルセロナで生まれた。一九三六年にスペイン内戦が勃発。一九三九年に内戦は終結するが、スペインは一九七五年まで独裁政権下におかれる。言論統制により検閲があった時代の執筆活動は、苦しいものだったに違いないが、マトゥーテの初期の作品はすべて独裁下で書かれた。

五歳から十二歳までに書いて、箱にためてあったお話は、のちに『子ども時代のお話（*Cuentos de infancia*）』（2002）として出版されたが、作家デビューは十代だ。本書に収録の「隣の少年」は十五歳のときに書き、一九四二年にデスティノ社の雑誌に掲載された最初の短篇小説である。一九五四年に刊行された『小さな劇場（*Pequeño teatro*）』は十七歳のとき、デビュー作となった『アベル家の人々（*Los Abel*）』（1948）は、十九歳のときに書かれた。

一九五〇年代、六〇年代の活躍は目ざましく、『北西の祭典』（1953）、『死んだ息子たち（*Los hijos muertos*）』（1958）、三部作「商人たち」などの小説で、数々の文学賞を受賞する。ただし、一九四九年に書いた『蛍（*Luciérnaga*）』のように、検閲により全面的に書きかえさせられ一九五五年に

『この土地で（*En esta tierra*）』という別のタイトルで刊行され、さらに一九九三年に再び『蛍』のタイトルで、検閲された箇所を修正した決定版を刊行した作品もある。

この間に短篇集『愚かな子どもたち（*Los niños tontos*）』（1956）、『時（*El tiempo*）』（1957）、『三つと一つの夢（*Tres y un sueño*）』（1961）、『アルタミラ物語（*Historias de la Artámila*）』（1961）、『改悛した者とその他の物語（*El arrepentido y otras narraciones*）』（1967）や、短篇というよりはエッセイのような『川（*El río*）』（1961）なども発表している。一九六〇年代には、二度にわたってアメリカ合衆国の大学で教鞭もとった。

文学史上では、一九二〇年代に生まれ、五〇年代に活躍をした作家たちのグループ「五〇年代世代」に属するとされ、イグナシオ・アルデコーア、フアン・ゴイティソロ、カルメン・マルティン＝ガイテ等と並べて論じられることがある。だが、マトゥーテ自身は、彼らと社会的な関心は同じくし、交流もあったが、文学的な影響はまったく受けていないと語っている。

また、一九五二年に結婚後（十一年後に離婚）、息子を一人もうけ、『黒板の国（*El país de la pizarra*）』（1956）を皮切りに、一人息子のために子ども向けのお話を書いた。そのうち『きんいろ目のバッタ』（浜田滋郎訳　偕成社　一九六九）、『ユリシーズ号の密航者』（会田由訳　あかね書房一九六七）が翻訳されている。その後、スペイン児童文学賞を受賞した『かたっぽだけ裸足の国（*Solo un pie descalzo*）』（1983）を発表しているが、息子が成長してからはこの分野への興味は失っていったようだ。

その後、一九七一年を最後に、二十年あまり、マトゥーテは文学の表舞台から姿を消す。鬱だったとのことだが、一九九五年に、グリムの「眠り姫」の後日譚となる児童文学作品『眠り姫のほんとうの最後（*El verdadero final de la Bella Durmiente*）』を発表し、翌一九九六年には、中世を舞台にした大部の長篇小説『忘れられたグドゥ王（*Olvidado Rey Gudú*）』を刊行。二〇〇〇年に『アランマノス（*Aranmanoth*）』、二〇〇八年に『無人のパラダイス（*Paraíso inhabitado*）』と、その後は亡くなるまで精力的に執筆した。

一九九八年にスペイン王立アカデミーの座についたこと、二〇一〇年には、作家としての全業績に対して与えられる、スペイン語圏で最も権威ある文学賞であるセルバンテス賞を受賞したことからも、スペインの現代文学におけるアナ・マリア・マトゥーテの位置づけがわかるだろう。

収録作の出典はそれぞれ、「幸福」「いなくなった者」「小鳥たち」「メルキオール王」「ごろつきども」「宝物」「村祭り」「枯れ枝」「迷い犬」「良心」「ピエロどん」「羨望」「とほうもない空虚」「川」は『アルタミラ物語』、「島」は『三つと一つの夢』、「煙突（チメネア）」「隣の少年」は『時』、「嘘つき」「店の者たち」「月」「アンティオキアの聖母」は『改悛した者とその他の物語』である。

このうち既訳があるのは、私が知る限りにおいて『スペイン幻想小説傑作集』(白水Uブックス　東谷穎人編　白水社　一九九二)所収の「島」のみで、ほかはすべて初めての日本語訳ということになる。

翻訳にあたっては、*La puerta de la luna cuentos completos*, Ediciones Destino, 2010を底本とした。

マトゥーテは、「自分は文学の中でも詩をとても愛しているが、短篇小説というのは散文における詩のようなもの。短い文章に言いたいことのエッセンスを凝縮するところが詩に似ている」と語っている。そのようなマトゥーテの短篇を、こうして日本の読者にお届けできるのは夢のようだ。リリカルで詩的なリアリズムと幻想を、存分に楽しんでいただけたらうれしい。

最後になったが、マトゥーテ作品翻訳のチャンスを訳者に与え、美しい短篇集に仕立ててくださった東宣出版の津田啓行さんに心より感謝申し上げる。

二〇二一年十月　千駄木にて

宇野和美

［著者について］

アナ・マリア・マトゥーテ

一九二五年バルセロナ生まれ。二十世紀スペインを代表する作家の一人。一九四八年に小説『アベル家の人々』でデビュー。『北西の祭典』、三部作「商人たち」等、数々の著作で文学賞を受賞する。その後、二十数年のブランクを経て、一九九六年に中世を舞台にした長篇小説『忘れられたグドゥ王』を刊行。一九九八年にスペイン王立アカデミーの座につき、二〇一〇年にスペイン語圏で最も権威ある文学賞セルバンテス賞を受賞。二〇一四年死去。

［訳者について］

宇野和美（うのかずみ）

一九六〇年生まれ。スペイン語翻訳家。主な訳書に、アンドレス・バルバ『きらめく共和国』（東京創元社）、グアダルーペ・ネッテル『赤い魚の夫婦』（現代書館）、マルセロ・ビルマヘール『見知らぬ友』（福音館書店）がある。絵本や児童文学の翻訳も多い。二〇〇七年よりスペイン語の児童書専門ネット書店ミランフ洋書店を営む。

はじめて出逢う世界のおはなし
小鳥たち　マトゥーテ短篇選

2021年11月12日　第1刷発行

著者
アナ・マリア・マトゥーテ

訳者
宇野和美

発行者
田邊紀美恵

発行所
有限会社東宣出版
東京都千代田区神田神保町2－44　郵便番号101－0051
電話（03）3263－0997

印刷所
株式会社エーヴィスシステムズ

乱丁・落丁本は、小社までご送付ください。
送料小社負担にてお取り替えいたします。

ISBN978－4－88588－103－9　C0097

はじめて出逢う世界のおはなしシリーズ

アメリカ編
ブラック・トムのバラード
ヴィクター・ラヴァル
藤井光訳

相反するすべての思いをこめて、H・P・ラヴクラフトに捧げる。「レッド・フックの恐怖」から90年後、アフリカ系アメリカ人作家ヴィクター・ラヴァルがラヴクラフトの世界を語り直す。シャーリィ・ジャクスン賞、英国幻想文学大賞受賞作品！

定価1800円＋税

1910－1946
パストラル ラミュ短篇選
C・F・ラミュ
笠間直穂子訳

山羊の番をする少女のもとに、どこからともなく現れた14歳の少年。二人は火を熾し、チーズを炎でとろりとさせパンにぬって食べる……。恋、老い、農家のくらし、山の民話など、人間と、人間を取り巻く世界の根源的な姿を映し出す20篇。

定価2100円＋税

オーストリア編
キオスク
ローベルト・ゼーターラー
酒寄進一訳

戦前のウィーンを舞台に、17歳で田舎から出てきた少年フランツの目を通して時代のうねりを活写した、ノスタルジックな空気感がたまらない青春小説。国際的に注目される現代オーストリア文学の人気作家、初邦訳！

定価1900円＋税

はじめて出逢う世界のおはなしシリーズ

1948
より大きな希望
イルゼ・アイヒンガー
小林和貴子訳

戦渦に翻弄され〈青一色の世界〉を探しもとめる少女エレンの運命を描いた物語。作家の自伝的要素に、歴史、宗教、伝説、民謡を織りまぜた10の断章が、イメージ豊かな幻想世界を紡ぎだす壮絶な長篇小説。

定価2300円＋税

1935
古森の秘密
ディーノ・ブッツァーティ
長野徹訳

森の新しい所有者になったプローコロ大佐は、木々を伐採し、甥を亡き者にしようと企む……。精霊が息づき生命があふれる神秘の〈古森〉を舞台に、生と魂の変容のドラマを詩情とユーモアを混えた文体でシンボリックに描く。

定価1900円＋税

キューバ編
バイクとユニコーン
ジョシュ
見田悠子訳

部屋に貼られた〈青いハーレーのポスター〉と〈白いユニコーンのタペストリー〉は、いつか一緒になれることを夢見ていた……。相容れない世界に生きながら魅かれ合う二人の姿をファンタジックに描く表題作など、全5篇。

定価1800円＋税

はじめて出逢う世界のおはなしシリーズ

スペイン編
グルブ消息不明

エドゥアルド・メンドサ
柳原孝敦訳

オリンピック開催直前のバルセローナを舞台に、行方不明になった相棒「グルブ」を捜しまわる宇宙人「私」が巻き起こす珍騒動を、分刻みの報告書形式で綴ったSF風小説。笑いのなかに人間の哀歓を描いた秀作。

定価1900円＋税

イタリア編
逃げてゆく水平線

ロベルト・ピウミーニ
長野徹訳

沈黙を競う人びと、ボクシングに飽きたゴング、水平線に体当たりする船……。人間っぽさと社会風刺をユーモアたっぷりの皮肉とともに、イタリアならではの情景で描いた25篇のファンタジーア！

定価1900円＋税

アルゼンチン編
口のなかの小鳥たち

サマンタ・シュウェブリン
松本健二訳

几帳面な男の暮らしに突然入って来たシルビア、そして小鳥を食べる娘サラ。父娘二人の生活に戸惑う父親の行動心理を写しだす表題作など、日常空間に見え隠れする幻想と現実を硬質で簡素な文体で描く15篇。

定価1900円＋税

はじめて出逢う世界のおはなしシリーズ

ロシア編
いろいろのはなし

グリゴリー・オステル
毛利公美訳

閉園後の遊園地で、メリーゴーランドの七頭の馬たちは今夜も園長さんにお話をねだる。お話がお話を生み、そのお話からまた別のお話が……心も頭もあたたまる愉快でエキセントリックな長篇童話。

定価1900円＋税

チェコ編
夜な夜な天使は舞い降りる

パヴェル・ブリッチ
阿部賢一訳

プラハのとある教会で、ワイン片手に自らが見守っている人間たちの話を繰り広げる守護天使たち。過労気味の天使、人間に恋をした天使、あるじを裏切った天使など、さまざまな天使が語る17篇の日常のファンタジー。

定価1900円＋税

フィンランド編
スフィンクスか、ロボットか

レーナ・クルーン
末延弘子訳

花屋のお使いをすることになったスミレは初めての仕事に胸をおどらせる。月曜日にはチューリップ、火曜日にはチョウセンアサガオ……花を届けながら、いろいろな人々の人生に出会う。など、連作短篇を3篇収録。

定価1900円＋税

ブッツァーティ短篇集　全3巻

Ⅰ
魔法にかかった男

ディーノ・ブッツァーティ
長野徹訳

誰からも顧みられることのない孤独な人生を送った男が亡くなったとき、町は突如として夢幻的な祝祭の場に変貌し、彼は一転して世界の主役になる「勝利」など、初期から中期にかけて書かれた20篇を収録。

定価2200円＋税

Ⅱ
現代の地獄への旅

ディーノ・ブッツァーティ
長野徹訳

ミラノ地下鉄の工事現場で見つかった地獄への扉。地獄界の調査に訪れたジャーナリストが見たものは、一見すると現実のミラノとなんら変わらないような町だったが……表題作など、中期から後期にかけて書かれた15篇を収録。

定価2200円＋税

Ⅲ
怪物

ディーノ・ブッツァーティ
長野徹訳

人類に癒しがたい懊悩をもたらした驚愕の発見を語る「一九五八年三月二十四日」など、現実と幻想が奇妙に入り混じった物語から、寓話風の物語、アイロニーやユーモアに味付けされたお話まで、バラエティに富んだ18篇を収録。

定価2200円＋税